역경이
싸대기를 날려도
나는
씨___익 웃는다

역경이
싸대기를 날려도
나는
씨___익 웃는다

초판 1쇄 인쇄   2023년 4월 25일
초판 1쇄 발행   2023년 5월 15일

지은이   김세영
펴낸이   조현철

펴낸곳   카리스
출판등록   2010년 10월 29일 제406-2010-000097호
주소   경기도 파주시 청석로 300, 924-401
전화   031-943-9754   팩스   031-945-9754
전자우편   karisbook@naver.com
총판   비전북 (031-907-3927)

ISBN 979-11-86694-16-9 03810

값 16,800원

역경이
싸대기를 날려도
나는
씨◡익 웃는다

 김세영 지음

카리스

추천사

신림동 쩌리 흙수저의 고난 분투기! 자신이 경험한 특별한 이야기, 누구나 공감할 만한 이야기를 솔직함과 위트로 담아냈다. 이 책은 저자의 과거와 현재를 통해 나를 들여다보게 한다. 그리고 행복의 본질에 대해 말을 걸어올 것이다. 누구나 자신이 가진 삶의 무게로 질문이 있다면 이 책은 모든 세대에게 친구가 될 것이다.

신현식 | #목격자1 #친구 #사회복지사

시종일관 유쾌하고 빠른 호흡으로 써 내려간 저자의 글은 끊김 없이 읽힌다. 그런데 페이지마다 묵직하게 던지는 직구들이 눈물샘을 자극한다. 온갖 험곡을 지나온 저자의 인생을 읽으면서 나는 잘 살고 있는지 돌아보게 된다. 문장 사이사이 저자가 심어 놓은 따뜻한 위로와 건강한 생각들은 내 등을 토닥여 주는 격려와 같다. 이 책을 만났다는 것은 축복이다. 독자들에게 이 책을 권하는 이유도 그렇다. 캄캄한 밤길을 걷고 있는 독자들에게 이 책이 한 발 더 내디딜 용기를 불어넣어 주기 때문에 일독을 권하고 싶다.

안정숙 | 먼저 읽은 리뷰어

긴 시간을 함께하진 못했지만 결이 곱고 생각이 유연한 김세영 님이다. 갑자기 닥친 너무 어려운 이름의 병명에 놀라 세영 님의 퇴사 전에 우리가 무엇을 할 수 있을까 고민했고, 부디 건강하기를 기도했다. 이만큼 견뎌낸 것이 신기할 만큼 자신의 표현대로 총을 네 번이나 맞았는데도 솔직하고 담담하게 '씩씩한 슬픔'을 보여줄 수 있다는 것은 대단한 용기다. 평범한 내가 보기에 세영 님은 자신을 온전히 사랑하는 법을 아는 것 같아 부럽기도 하다. 자꾸 무릎이 꺾일지라도 자신을 있는 그대로 사랑하고 싶고, 다시 일어서는 용기가 필요하신 분들에게 추천한다. 멀리서 이렇게나마 세영 님의 '전진'과 '행복한 오늘'을 응원한다.

이수정 | 서울시립남부장애인종합복지관 관장

유쾌한 미소가 아름다운 청년인 김세영 작가는 발병 초기 일 년에 수억 원씩 들여야 하는 신약을 쓸 수 있는 신약 투여 대상자가 되었다. 나는 그에게 '행운 총각Lucky Guy'이라는 별명을 지어 주었다. 그러나 작가의 삶은 희귀난치병, 불행한 가족사, 가난, 외로움 등의 역경으로 점철된 종합선물세트 같았다. 그럼에도 그는 삶을 담담히 받아들이고 의연하게 버티면서 어려움에 맞선다. 이러한 그의 자세는 역병에 이은 경제 위기로 어려운 시기를 보내야 할 우리에게 많은 위로와 격려를 준다. 때로는 눈물 나게, 때로는 유머러스하게 풀어 놓은 이야기들은 이 책을 읽는 독자들에게 어려움을 대면할 용기와 어떻게 헤쳐나갈 수 있는지에 대한 많은 영감을 주고 있다. 오늘을 고민하고 내일을 걱정하는 청춘들을 위한 길잡이로 반드시 읽어야 할 책임을 믿어 의심치 않기에 강력히 추천한다.

임주형 | PNH(야간혈색소뇨증) 환우회장

어떤 시인이 자신의 인생을 돌아보며 이렇게 고백했습니다. "고난 당한 것이 내게는 유익입니다. 그 고난으로 하나님의 뜻을 알게 되었기 때문입니다." 여기에는 전제가 있습니다. 고난의 여정을 잘 지나야 합니다. 그래서 고난은 극복해야 할 경쟁자도, 싸우고 미워할 악마도 아닙니다. 고난은 동행해야 할 친구인 듯합니다. 세영 님의 책을 읽으면서 고난의 길을 잘 걸어가고 있는 아름답고 지혜로운 친구를 보는 듯합니다. 그의 인생에 대한 진지한 고민이 이 책을 읽는 독자들에게 선명한 지혜와 잠잠한 위로를 줄 것이라 확신합니다.

한성민 | 온땅교회 목사

총을 맞고도 살아가는, 살아 내는 이야기

당신은 총을 맞아보았는가?

나는 총 4번 총을 맞아봤다. 머리에 한 번, 가슴에 한 번, 심장에 빗겨서 한 번, 마지막으로 머리에 한 번 더. 총, 한 번만 맞아도 아프다. 아니 죽을 뻔했다. 그것도 무려 4번씩이나. 죽음의 사死 자는 재수 없다고 한다. 병원에 F층은 있어도 4층은 없다. 발음이 같은 '4' 자는 금기이기 때문이다. 그래서 숫자 4가 들어간 건 무조건 피한다. 4에 대한 미신이 더 많은 불안과 죽음을 양산한다. 이만하면 좀비도 죽을 법하다. 그런데 4번의 총을 맞은 나는 아직 질기게 살아 있다. 끈질기게 살아내고 있다. 목숨을 이어가고 있다. 그래서 나는 '총 맞은 럭키 가이Lucky Guy'다.

4번이나 총을 맞고도 오늘을 살아가는, 살아내는 이야기다. 궁금하지 않은가?

첫 한 방은 내가 17살, 동생이 15살 때다. 당시는 정신 분열증, 지금은 조현병이라고 불리는 친구다. 그 친구가 총을 쏘았다. 동생이 정통으로 맞았다. 나를 포함한 부모도 같이 맞았다. 그 후유증은 지금도 여전하다.

두 번째는 내가 스무 살 때다. 신혼 때부터 줄곧 아빠는 엄마를 못살게 했다. '한순간이라도 사랑이 존재했을까? 이럴 거면 왜 결혼한 것일까?' 같이 사는 게 더 이상할 정도다. 그래서 두 사람은 같이 못 살고 행복(?)한 이혼을 했다.

세 번째 총알받이는 바로 나다. 이번엔 심장에 맞는다. 다행인지 불행인지 빗겨서 맞았다. 온몸을 돌아다니는 피가 시도 때도 없이 깨진다. 철철 흐르는 피는 잘 멈추지도 않는다. 이름도 희한한 질병의 주인공이 된다.

인생은 삼세번. '여기까지가 끝인가 보오'라고 생각했다. 근데 아니다. 세 방을 맞고도 안 죽었다 생각했나 보다. 한 번 더 확인 사살한다. 평생 병원과 거리가 멀었던 아빠가 치매/파킨슨으로 병원과 절친이 된다. 중증 환자가 된다. 내가 중증 환자 선배다. 선배가 후배를 돌보게 된다. 하극

상이다. 서울에서 부산으로, 하루가 멀다 하고 요양원으로, 1,000일 가량을 돌본다. 그렇게 4번을 맞는다.

혹자는 묻는다.

"한 번도 아니고, 네 번씩이나…. 어떻게 살아가냐? 아니, 어떻게 살아 있냐?"

"그러게."

나는 짧게 대답한다. 어쩌면 숨겨도 숨겨지지 않는 내 마음을 숨기고 싶었는지 모른다. 또 그 복잡미묘한 마음을 구구절절 설명하기 힘들었을지도 모른다. 듣는 사람도 마냥 즐겁게 듣기에는 벅차다고 생각했을 것이다. 점점 내가 살아가는 이야기를 스스로 금기시한다. 그러면서 타인의 눈에 비친 나, 그리고 나의 모든 것들은 어느새 약점이 되었다.

그러다가 어느 순간 이제는 말해야겠다고, 말할 때가 되었다는 생각이 들었다. 그것은 나의 약점이 아니라고. 남들이 가지지 못한, 가질 수 없는 나만의 강점이라고. 선택 인생이 우리에게 말하는 것, 질병 학교가 가르쳐 주는 것들, 죽도록 미워도 보듬게 되는 가족, 거기서 발견하는 가족의 의미, 이뤄 가고 잃어 가는 인생의 역설, 인간치人間癡가 되고 싶지 않은 마음, 불편한 사람을 티셔츠로 먹이는 통쾌한 한 방, 삶과 죽음의 시선, 스트레스를 푸는 새로운 방법, 무거운 인생을 좀 더 가볍게 살아가고자 하는 방편 등 인생을 바라보는 나만의 다양한 관점을 이야기한다. 각자의 어제와 오늘 그리고 내일을, 총을 맞고도 살아가는 이의 렌즈로 바라볼 기회가 되리라 생각한다.

총을 맞았다고 해서 백지영의 「총 맞은 것처럼」 마냥 무겁지 않고 아프지도 않다. 인상이 찌푸려지지 않는다. 찌푸리면서 글을 쓰지 않았다. 그래서 편하게 읽을 수 있다. 그렇다고 가볍진 않다. 언뜻 모든 걸 잃어버린, 실패투성이의, 찌질하고 칙칙한 인생처럼 보인다. 아니다. 잃었지만 얻은 이야기를, 넘어졌지만 엎드려 있지 않고 일어나는 이야

11

기를 한다. 칙칙한 게 아니라 씩씩한 슬픔을 이야기한다. 엉망, 폭망, 원망, 낙망, 절망해서 도망가지 않았다. 나만의 새로운 삶을 희망하고 전망하고 소망한다. 때로는 욕망한다.

무명이라 모두에게 팔리는 글은 아니다. 하지만 누구에게도 쪽팔리는 글은 아니다. 『부부가 둘 다 놀고 있습니다』를 쓴 편성준의 글만큼 유쾌하다. 위트가 있다. 어쩌면 더 재밌을 수도 있다. 소설 『인생活着』의 푸구이만큼 초연하다. 삶의 농도 대비 우울하고 어두운 글이 아니다. 하루하루가 지겹고, 힘들고, 짜증 나고, 숨이 턱턱 막히는가? 그런 당신을 살맛 나게 하는 글이다. 까만 안대로 눈을 가린 듯 절망적이고 죽고 싶을 만큼 힘든가? 그런 당신을 살게 할 글이다.

내가 삶을 대하는 자세와 살아온 발걸음을 돌아봤다. 그리고 다시 살아가듯 하나하나 새겨 넣었다. 글을 읽는 당신께 망신당하지 않으려 최선을 다했다. 이 글을 마무리할 수 있도록 다행히 몸이 끝까지 버텨 주었다. 버텨 준 몸에게 감사하다. 고심해서 뽑은 제목에 이끌린 당신에게 감사하다. 표지를 넘겨 프롤로그를 봐준 당신에게 감사하다. 책을 구입해서 읽어 준 당신에게 더 감사하다. 좋은 책이라고, 한번 읽어 보라고 지인이나 SNS에 입소문 내 주는 당신, 내 인생의 은인이다. 정말 감사하다.

작은 쌀 한 톨 한 톨이 모여 따듯한 밥을 지어낸다. 한 글자 한 글자가 인생의 따듯한 위로로, 따듯한 온기로 마음에 가닿았으면 좋겠다. 힘겨운 인생을 살아가는 우리를 안아 주는, 마음을 알아주는 글이 되면 좋겠다. 당신의 힘겨운 삶의 여정에 쉼표가 되면 더 바랄 게 없겠다. 나의 진실한 마음과 삶을 담은 첫 편지의 마침표를 찍는다.

2023년 4월 합천에서

김세영

차례

3장 〜〜〜〜〜

오늘, 질문은 하나. 정답은 여러 개

1장 〰〰 〰〰

가족, 무르지도 버리지도 못하는 그 이름

1. 선택 인생의 질문과 요구

지글지글 튀겨 노릇노릇한 옷을 입은 탕수육, 맛깔스러워 보인다. 오이, 양파, 당근, 파인애플, 빨간 파프리카, 비타민 D가 풍부한 목이버섯까지. 형형색색에 눈이 즐겁다. 새콤달콤한 맛을 내는 탕수육 소스로 또 하나의 옷을 입힌다. 아으, 씹기도 전에 침이 꼴깍하고 넘어간다. 탕수육 하나를 집는다. 젓가락을 탁 하고 쳐낸다. 부먹파派다. 소스를 부으려고 한다. 접시를 '확' 빼 버린다. 찍먹파다. 소스에 젖으면 퍼져서 맛없다고 한다.

'부먹이냐, 찍먹이냐.' 역사는 반복된다고 했던가? '짜장이냐, 짬뽕이냐.' 이 개인의 고민은 '짬짜면'으로 종결됐다.

누가 그 불을 댕겼는지…. 지금은 우리 공동의 고민인 '부먹이냐, 찍먹이냐'의 시대다. 한창 뜨겁다. 탕수육보다 더 뜨겁다. 식을 줄 모른다. 그래도 주의하시라. 논쟁은 뜨거워도 탕수육은 식는다. 일단 먹고 시작하자.

이런 음식 논쟁은 우리나라만 있는 게 아닌 모양이다. 미국의 시리얼, 영국의 밀크티, 호주의 핫도그, 가까운 일본은 국밥 등 언어가 다르고 사는 곳이 달라도 사람은 다 똑같나 보다. 너도나도 모두 음식에 진심인 모양이다.

장외 전쟁도 만만치 않다. "그냥 맛있게 먹으면 그만이다." "초간장에 고춧가루 섞어라. 그게 제일 맛난다." "그딴 논쟁할 시간에 하나라도 더 먹어라. 무슨 부먹 찍먹으로 논쟁을 하냐?" "그냥 먹고 싶은 대로 '처먹'이 정답이다." 여기에 "정답은 정답이 없는 게 정답이다"라고 응수한다. 매번 느끼지만, K-댓글은 B급도 안 된다. C급이다. 수출이 시급하다.

맞다. 상황에 맞게, 취향대로 먹으면 그만이다. 이건 아무리 진지해도 '선택 놀이' 그 이상도 이하도 아니다.

***

"쌍화차 두 잔 나왔습니다."

김이 모락모락 피어오른다. 일주일은 달였는지 달짝지
근한 한약재 냄새가 코를 찌른다. 갓 내온 찻잔의 온기는
차디찬 손을 녹인다. 두 노인의 마음까지도 훈훈하게 한다.
평소 같으면 대추차로 대충 마시고 일어난다. 근데 오늘은
특별한 날. 그래서 쌍화차다. 음양의 조화, 기와 혈을 쌍으
로 조화롭게 해 준다는 쌍화雙和. 두 노인이 짝을 맺어 주려
고 만났다. 간절한 바람을 담아 '짠' 하고 잔을 부딪힌다.

"아, 떠거라뜨거라."

성격 급한 장 여사, 오늘 같은 날은 입천장 좀 데도 기분
좋다. 하얀 손수건으로 입을 훔치며 웃는다. 기분이 좋아서
웃는 건지, 웃어서 기분이 좋은 건지 평소보다 들떠 있다.
마음 급한 장 여사, 아들 혼사도 급하다 급해.

"지 히야형는 벌씨로벌써 토깨이토끼 같은 자석자식이 서
이3명나 있는데, 이누마이놈이가 남아 가지고. 참한 아가씨
인능기요있습니까?"

"네. 참 착하고 참한 아가씨 있지예. 올해 스물두 살로 어
린데도 야뭅니더야무집니다."

"그럼 말 나온 김에 하루라도 퍼떡빨리 함한번 만나게 해

줄 끼가^{해줄} 것인가? 내사^{나는} 올게^{올해} 보냈뿌쓰면^{보내면} 좋겠는데. 오늘 집에 가서 둘째 놈한테 이바구^{이야기} 해 놓을게요. 김 여사도 얘기해 놓으이소^{놓으세요}. 그리고 날짜 잡으입시더^{정합시다}."

* * *

누군가 '인생은 BBirth와 DDeath 사이의 CChoice다'라고 했다. A도, B도 아닌 C선택에 방점이 찍힌다. 선택 놀이든, 선택 인생이든 인생은 선택의 연속이다. 근데 그 크고 작은 선택들은 참으로 불친절하다. 우리를 어딘가로 데려간다. 행선지를 알려 주지도 않고.

바로 두 번째 같은 상황이다. 쌍화차 향기 폴폴 나는 다방에서 두 할머니가 만났다. 선택 인생의 주사위를 만지작거린다. 그 후 주사위는 두 남녀에게 전달된다. 두 남녀도 그 주사위를 던진다. 그런데 그들은 미처 생각하지 못했다. 그 선택이 어떤 질문을 던지고 행동을 요구하는지를.

선택은 질문을 던진다.

"'부먹이냐, 찍먹이냐' 문제만큼 치열하게 고민했는가?"

23

"당신의 그 선택이 본인은 물론 타인에게도 지대한 영향을 미친다는 것을 아는가?"

더불어 선택은 행동을 요구한다. '나/타인의 선택이 내 머리끄덩이를 잡고 내동댕이쳐도 받아들여야 한다'고. '무엇을/어떻게 선택했든 간에 무조건 책임을 져야 한다'고.

선택은 쉽다. 하지만 선택 인생이 던지는 질문과 요구는 결코 가볍지 않다. 내 손을 잡고 걸어갈지, 아니면 내 머리끄덩이를 잡고 내동댕이칠지 아무도 모르기에.

2. 꽃을 꺾어 버린 투수의 공에 아웃되다

띵, 띵, 띵.

냉장고가 운다. 누군가 검은 비닐봉지를 부스럭댄다.

"오이는 먹지도 않을 거면서 와 이리 많이 샀노? 썩혀 버릴 거가!"

바닥에 내동댕이친다.

"우리 먹을 것도 없는데 뭐 한다고 그 집구석에 갖다 주고 난리고!"

사사건건 트집이다. 하나부터 열까지. 신경 좀 꺼도 될 부엌일을 간섭한다. 간섭에는 아침도, 저녁도, 휴일도 없다. 여기 부산 아니랄까 봐. 아침부터 부산스럽다.

'아, 이 욕설은 언제쯤 적응이 될라나?'

식빵은 십팔번이다. 머리털 나고 처음 들어보는 욕, 글로 쓰기도 민망한 욕, 욕 수집가가 메모할 만한 매력적인 욕이 난무한다. 3M 귀마개도 막아내지 못한다. 「SNL 코리아」에서 김슬기의 욕은 귀엽다. 하지만 또 다른 김 씨의 욕은 대본에도 없어 당황스럽기 일쑤다. 우리 아빠가 「SNL 코리아」에 대타로 나갔다면 김슬기는 즉시 아웃되었을지도 모르겠다.

아빠는 투수投手다. 국보급 투수 선동열처럼 잘 던진다. 맞으면 아픈 데만 골라서. 엄마는 포수捕手다. 포수가 뭔지도 모르는. 처음에는 욕을 던진다. 귀와 마음을 막 후벼판다. 그래도 분이 안 풀리면 전화기, 압력밥솥 등 눈에 보이는 것들을 막 던져댄다. 이쯤 되면 포수도 옆에 보이는 수저를 한 번쯤 던질 법하다. 근데 순진한 바보인지 자신의 역할에만 충실하다. 그 어떤 것도 던질 생각을 못한다. 압력밥솥이든 욕이든 오로지 받아내기만 한다. 그러려면 잘 받거나 보호 장구를 제대로 챙기기라도 하지. 스물두 살의 새댁은 운동 신경도 꽝, 마음도 여리디여리다. 무법천지도 이런 무법천지가 없다. 분명 같은 편인데 남의 편 같다.

때론 배구 선수로 변신한다. 여기저기 손으로 공격한다. 포수는 겁에 질려 당하기만 한다. 몸과 마음에 멍이 하나둘 늘어간다. 천장을 보고 누운 아기는 눈만 깜박거린다. 물론 어린 목격자는 아무런 도움이 되지 못한다. 소리 내어 울어대기만 한다. 포수는 우는 아기를 달래며 눈물을 삼켜야만 한다.

* * *

이렇게 둘은 신혼 때부터, 내가 뭣도 모르는 아기 때부터 야구 놀이를 했다. 야구가 지겨워지면 배구 놀이도 했다. 하도 던져대서 남아나는 살림이 없었다. 야구를 모르는 포수는 배구도 적응하기 힘들어했다. 그야말로 홈Home은 개판이다.

아빠는 위인偉人도 범인凡人도 아니었다. 범인犯人이었다. 결혼할 당시 아빠는 서른 살의 노총각, 엄마는 이제 갓 피기 시작한 22살의 꽃. 노총각인 아빠는 속된 말로 땡잡은 거다. 2땡이면 꽃을 보듯 엄마를 아껴 줘야 했다. 그러다 꽃이 시드는 건 어찌할 수 없다. 최소한 본인 손으로는 꺾지 말아야 했다.

엄마는 20년을 죽도록 참았다.

"얘들이 크면 정신 차리겠지. 내가 좀 더 참고 노력하면 바뀌겠지. 저 어린 것들을 두고 어딜 가나? 내가 많은 걸 바라지도 않았다. 너희 아빠가 따뜻한 말 한마디라도 해줬다면 내가 덜 힘들었을 거다. 말로 다 할 수 없는 그 세월, 끔찍해서 다시 생각조차 하기 싫다."

나는 비겁했다. 그런 엄마를 위로해 주지 못했다. '왜 우리 엄마 아빠는 사이가 안 좋지? 아니, 아빠는 왜 이리 엄마를 괴롭게 하지?' 하고 불만만 가득했다. 이런 불만은 답답한 집구석에 처박혀 있을 때만 유효했다. 대문을 나서면 싹 지워졌다. 아니, 지우개로 지우고 싶었다. 흡연자는 세상 답답함을 담배 연기에 담아 후 하고 날려 버린다. 나는 집에서 받는 스트레스를 노래로, 운동으로 흘려보냈다. 누구는 이불 밖이 위험하다고 한다. 근데 나는 이불 밖이 안전했다.

숨이 턱턱 막히는 20년의 기나긴 터널을 지난다. 또 하나의 선택 인생 앞에 선 두 사람. 타인의 선택에 떠밀리듯 선택한 지난날을 뒤늦게 후회한다. 그리고 끝내 '이혼'이라는 주사위를 던진다.

결혼에서 이혼으로, 앞 글자 하나가 바뀐다. 그리고 모든 걸 뒤바꾼다. 어린 나는 시린 겨울밤이 시작되는 문 앞으로 끌려간다.

선택이 나에게 말한다.

"이제부터 니 목에 줄을 매달 거다. 그 줄로 목을 조르고 질질 끌고 갈 거다. 그때 너는 어떻게 반응하겠냐?"

난 대답한다.

"이후의 내 삶이 말을 할 거다. 두 사람이 내린 선택, 그들의 아들로서 존중한다. 세상에 좋고 나쁜 선택은 없다. 왜냐고? 오직 선택에 대한 나의 반응만 있기 때문이다."

3. 마흔두 살 어린이와의 동행

"행님아~!"

오른손을 앞뒤로 흔들며 달려오는 강호동이 아니다. 그냥 볼살이 포동포동한 남자애다. 터벅터벅 걸어온다. 밭일이 힘들었는지 지쳐 보인다. 나는 동생의 이름이 아닌 별명을 부른다.

"왕돼지, 이제 오나?"

아무런 대답 없이 그냥 집으로 들어간다. 내가 동생을 기분 나쁘게 한 게 아니다. 동생과 싸운 건 더더욱 아니다. 그렇다고 나를 무시하는 것도 아니다. 동생은 흔히 말하는 조현병이 있는 정신 장애인이다. 중학교 2학년인 15살 때 진단을 받았다. 이제 30년 정도 되어간다. 그동안 수차례의 입퇴원을 했다. 그리고 수많은 신경정신과 약을 복용했다. 그러다 보니 우리와는 조금 다르다.

예후가 좋은 사람은 사회생활도 가능하다고 한다. 하지만 내 동생은 그렇지 못하다. 질환의 특징 중 하나인 환청 증상이 있다. TV를 보면서 혼잣말을 한다. 그리고 입을 삐죽거린다. 웃기도 한다. 때론 아무런 표정이 없다. 본인 기분에 따라 말을 잘 듣거나 대답을 한다. 아닐 때는 신경질을 부린다. 들은 체도 안 한다.

동생은 82년생으로 올해 마흔두 살이다. 어린아이를 키울 나이다. 그런데 정작 본인이 어린아이다. 하나부터 열까지 다 챙겨줘야 하는. 밥이든 뭐든 누구보다도 잘 먹는다. 다만 혼자서는 챙겨 먹지 못한다. 삼시 세끼를 다 챙겨 줘야 한다. 식사 시간은 십 분도 채 안 된다. 금세 먹어 치운다. 밥을 다 먹자마자 눈에 보이는 단팥빵을 가리킨다.

배가 불룩하다. 좌우 뱃살이 한 손에 다 잡히고도 남는다. 공복 혈당 수치가 113, 당뇨 전 단계다. 그럼에도 스스로 운동할 생각을 하지 못한다. 고민은 나와 엄마의 몫이다.

어떻게 하면 좋을지 고민했다. 본인의 취향을 최대한 고려했다. 산책을 좋아하고 프로야구 기아 타이거즈의 팬이다. 이 둘을 적절히 섞었다. 프로야구를 보면서 제자리 걷기.

규칙은 이랬다. 첫째, 선수들이 경기를 한다. 그때 제자리를 걷는다. 둘째, 광고 시간은 선수들이 쉰다. 동생도 의자에 앉아 쉰다. 셋째, 경기가 재개되면 두 팔을 앞뒤로 흔들며 다시 걷는다. 그나마 3회말까지는 힘차게 걷는다. 4회 초 정도가 되면 귀찮은지 느그적느그적 걷는다. 그럴 때마다 한 번씩 확인하고 얘기한다.

"두 팔을 앞뒤로 힘차게 흔들며 걸어라."

별말 없이 다시 힘차게 걷는다. 그래도 최소 1시간 이상은 움직인다. 절반은 성공이다.

운동하고 나면 땀이 난다. 씻어야 하는데 개인 위생은 미흡하기 짝이 없다. 혼자서는 잘 씻지 못한다. 세수는 그런대로 하지만 머리를 못 감는다. 오후에 오시는 활동보조 선생님이나 누군가가 도와줘야 한다. 샤워하는 것도 어려워한다. 여름에도 찬물보다 미지근한 물을 사용해야 한다고 알려 준다. 그러고 나서 잘하고 있는지 확인해 본다. 아니나 다를까. 찬물을 등에 뿌리고는 헉헉거린다. 그럴 때마다 나는 버럭 화를 낸다.

"몇 번을 알려 줬는데 그걸 모르냐?"

겁먹은 표정으로 나를 쳐다본다. '아차, 실수했다.' 답답해도 참고 부드럽게 알려 줘야 하는데 화를 내고 말았다. 한소리를 들은 동생은 내 눈치를 본다. 샤워도 이럴진대 목욕은 더더욱 어렵다. 내가 도와준다고 욕실에 들어가면 평소에 하도 혼을 내서인지 별로 안 좋아한다. 결국엔 환갑이 넘은 엄마가 마흔두 살 아들의 때를 밀어 준다.

언젠가부터 다양한 강박 특성을 보인다. 운동화의 왼쪽과 오른쪽을 11자는 물론, 위아래 끝단을 맞춘다. 그러고 나서야 대문에 들어선다. 양말은 중문 옆에 하나로 포개어 벗어 둔다. 수건은 아랫단을 딱 맞춰 걸어 둔다. 이불도 좌우와 위아래 양끝단을 딱 맞춰 갠다. 빨래를 갤 때는 온 신경을 집중한다. 보고 있던 TV 시청도 멈춘다. 코를 푼 휴지는 최대한 직각으로 접어서 버린다. 시간 약속도 철저하다. 약속 시간 30분 전부터 5분 주기로 시계를 쳐다본다. 식사 후 바로 약을 챙겨 먹는다. 그러고 나서 양치를 한다.

어린이들은 일찍 잔다. 동생도 보통 9시가 되면 잠이 든다. 먹는 약에 취해 세상 모른 채 곤히 잔다. 나는 그런 동생의 얼굴을 한참 쳐다본다. 미안해진다. 눈시울이 뜨거워진다. 뒤척이다 도망간 베개를 머리맡에 받쳐 준다. 걷어찬 이불도 덮어 준다. 화를 낸 날은 더 마음이 짠하다. 동생은 섭섭해도, 화가 나도 잘 표현하지 못한다. 마음에 담아 둔다. 그래서 더욱 안쓰럽고 미안하다. 만약 동생이 아프지 않았다면 형이라고 봐줬겠나? 내가 얻어터졌을 텐데…. 마음이 참 심란하다.

그래도 동생이 더 효자다. 엄마가 시키는 심부름도 잘한다. 어깨와 다리를 주물러 달라고 하면 싫다는 말도, 핑계도 없다. 텃밭 일을 할 때 옆에 같이 있으라고 하면 군말 없이 자리를 지킨다.

동생에게 엄마는 최고다. 누가 엄마를 대신할 수 있겠는가? 대체 불가한 존재다. 허나 평생 엄마가 곁에서 돌봐 줄 순 없다. 점점 노쇠해지다가 결국엔 우리 곁을 떠날 것이다. 동생이 그 부재를 어떻게 받아들일지 모르겠다. 나도 쉽지 않은데 동생은 어떨까 싶다.

혹자는 "왜 벌써부터 걱정을 대출하냐"라고 묻는다. 맞다. 근데 이것은 장애인 자녀나 형제를 둔 가족들에게 풀리지 않는 잔인한 숙제다. 그래서 다들 입버릇처럼 말한다. "더도 말고 덜도 말고 내 새끼보다 내가 하루만 더 살아야 한다"라고.

* * *

보통의 어린이는 하루가 지나면 그 하루만큼 성장한다. 어른으로 자라간다. 헌데 마흔두 살의 내 동생은 하루하루 퇴보한다. 멈춰 있다. 늘 제자리다. 어른아이가 되어간다. 사람들은 이런 동생과의 동행이 힘들지 않느냐고 내게 물어온다. 다르지만 다르지 않은 장애인, 이런 동생과의 동행이 쉽지만은 않다. 남들이 보기에는 한없이 부족하다. 답답한 행동을 골라서 한다. 그런데 어쩌랴? 이런 동생도 내 동생인데, 나는 이런 동생을 사랑한다.

4. 나에겐 남북 평화보다 부자 평화

우편함에 하얀 봉투가 얼핏 보인다. 설마? 맞다. 구속 영장 같은 입대 영장이다. 발신자는 병무청, 수신자는 바로 나다. 영장집행일은 2000년 12월 12일이다.

이날은 공교롭게도 입대 딱 100일 전이다. 피하고 싶지만 피할 수 없다. 그들이 인정하는 신의 아들이 아니라면 닥치고 끌려가야만 한다. 전등 스위치를 딸깍 하면 빛이 꺼진다. 12월 12일 12시가 땡 하면 나도 꺼져야 한다. 심리적 사형을 선고 받은 느낌이었다.

"정성을 다하는 국민의 방송 케이비에스 한국방송~."

로고송이 9시 뉴스의 시작을 알린다. '아, 금쪽같던 오늘 하루도 다 가버렸구나' 하는 탄식이 나온다. 나는 파블로프의 개가 된 것 같았다. 거짓말을 좀 보태면 100일이 10일 같다. 100과 10의 중간에 있는 90개의 레고 블록이 한 번에 쑤욱 하고 빠지는 기분이다.

2000년 12월 11일, 흔히 볼 수 있는 풍경이었다. 여기 저기서 "소주 주소"를 외친다. 이것만큼 참 우정을 증명하는 방법도 없다. 팔려 가는 소들을 위로하며 소주잔을 기울인다. 격렬하게 입과 술이 부딪힌다. 한쪽에서는 내가 술을 마시는 건지, 술이 나를 마시는 건지 '부어라 마셔라'를 무한 반복한다. 또 다른 한쪽에서는 아래로 붓고 다시 위로 퍼내는 진기한 장면이 연출된다. 웩웩하는 소리와 함께. 내일이면 100일 동안 목소리를 들을 수 없다. 얼굴도 볼 수 없다. 연인들은 손을 맞잡고 마지막 데이트를 즐긴다. 그리고 뜬눈으로 밤을 지새운다. 어느 동요童謠의 가사처럼 '새끼손가락 손에 걸고 꼭꼭 약속'한다. 우리 사랑, 어떤 상황이 와도 동요動搖하지 말자고.

은은한 조명 아래 온 가족이 둘러앉았다. 친구와 연인이 줄 수 없는 따뜻함이 전해진다. 눈빛만으로도 그 마음이 전해진다. 어떤 추운 겨울도 견딜 수 있을 만큼 든든한 핫팩 같은 응원과 지지를 받는다. 낯설고 고된 군 생활을 건강하게 잘할 수 있을 것 같은 세상 가장 따뜻하고 훈훈한 환송을 받는다.

나에게 이날은 스물한 번째 생일이다. 이들처럼 입대 전날이다. 마지막으로 엄마를 보려고 엄마 집으로 갔다. 생일이라고 미역국을 끓여 놓았다. 그러지 말라고 했는데, 엄마 마음은 그게 아닌가 보다. 안경 렌즈에 김이 서린다. 당분간 엄마가 해 주는 밥을 못 먹는다는 생각에 눈물이 핑 돈다. 집을 나서면서 수없이 다짐했다. 울지 말자고. 양쪽 어금니를 꽉 깨물어 본다. 오공본드를 발랐다고 최면을 건다. 헌데 울음은 다짐의 영역이 아닌 모양이다. 눈물이 렌즈로 한 방울 뚝뚝 떨어진다. 눈물은 콧물과 손을 잡고 미끄러져 내린다. 마치 세상의 모든 불행을 끌어들인 것 같다. 말할 수 없는 서러움에 어깨를 들썩이며 꺼이꺼이 울었다. 어쩌면 엄마와 영영 이별하는 것처럼. 한 번 터진 울음은 쉬이 그쳐

지지 않았다. 그동안 참아온 눈물이 왈칵 쏟아진다. 아무 말 없이 엄마가 나의 등을 어루만져 준다. 그러자 울음도 서서히 잦아들었다.

좁디좁은 방에서 외로이 혼자 지낼 엄마의 모습이 그려진다. 게다가 나와 같은 김 씨 성을 가진 두 부자의 동거가 불안했다. 아빠는 나긋나긋한 사람이 아니다. 평소에도 동생에게 고성과 폭력을 가한다. 지금은 아빠에게 가장 예민할 때 아닌가? 나 없이 동생과 둘이 지낸다면 고성은 기본이요, 그 크고 우락부락한 손으로 속이 풀릴 때까지 손찌검할 게 분명하다. 내가 없다면 더더욱. 그런 동생에게 내가 입대한다는 사실을 말하기 미안했다. 아무런 도움이 안 되는 말이기에. 얼굴을 보며 인사하지도 못한다. 나의 걱정과 울음이 동생에게는 별 의미 없는 일이기에.

제발 동생에게 그러지 말라고 부탁했다. 알겠다고 대답은 곧잘 한다. 아빠가 미덥지 못했기에 마음이 편치 않다. 이 둘을 격리시켜야 한다. 아니면 중재자가 필요하다. 그런데 뾰족한 방법이 없다. 혼자 답답하기만 하고 아무것도 해 주지 못하고 떠나는 내가 밉다. 그럴 수 없는 현실이 밉다.

'소가 팔려야 누나는 시집을, 동생은 학교를 갈 수 있다.'

우리 가족은 내가 안 팔려 가야 아빠와 동생의 평화를 지킬 수 있다. 남북 평화는 장정 60만이 지키고도 남는다. 하지만 두 부자의 평화는 나 말고 지킬 수 있는 사람이 없다. 나로서는 남북 평화보다 부자 평화를 더 지키고 싶었다. 두 부자의 중재자 역할을 할 사람은 나 말고 없기 때문이다. '이런 나는 좀 봐주면 안 되나' 하는 이기적인 생각이 들었다. 하지만 국가는 하찮은 개인의 사정에 관심을 둘 리 없다. 전혀 관심이 없다. 나는 힘없이 끌려가는 스무 살 언저리의 한 마리 소였다.

내 손톱 밑의 가시가 가장 아프다. 적어도 나에게 12월 12일만큼은 군사 반란보다 입대 반란이 더 간절한 날이었다. 그해, 아니 내 인생에서 가장 추운 날 중 하나였다. 나 홀로 던져진 것 같은 외로움에 덜덜 떨었다. 어색하게 잘린 짧은 머리는 내 마음을 더 으슥하게 했다.

5. 내 안의 괴물을 볼 때

처음부터 나쁜 관계는 없다.
어린 시절의 아빠는 이랬다.

"엄마, 내가 나중에 크면 부릉부릉이 사 가지고 내 옆자리에 태워 줄게."

이때만 해도 아빠는 무뚝뚝한 할머니를 웃음 짓게 하는 귀한 아들이었다. 오히려 큰아버지보다 더 효자였다고 한다. 근데 어느 순간부터 그 아들에게 엄마는 자동차로 밀어 죽이고픈 존재가 되어 버렸다. 어찌 된 일일까?

당시 할머니는 경북 의성에서 생선 장사를 하셨다. 장

사 수완도 좋으셨다. 근데 잘 되던 장사를 하루아침에 정리하게 된다. 할머니의 건강이 오늘내일할 정도로 안 좋아졌기 때문이다. 그때 아빠는 까까머리 중학생이었고, 한창 배워야 할 나이였다. 할머니도 이 말을 꺼내기 쉽진 않으셨을 거다.

"재하야, 니 핵교학교 그만 다닐래? 니 히야형는 고등핵교고등학교까지 마무리하고."

당시 아빠는 엄마 말이라면 '예스'였다. 아픈 엄마의 말이니 효자는 흔쾌히 알겠다고 한다. 그런데 거짓말같이 할머니의 병세가 호전되기 시작한다. 언제 그랬냐는 듯 일상으로 복귀하게 된다. 하지만 이걸 어쩌나! 효자는 학업을 그만둔 지 오래고, 가는 세월도 못 막는다. 슬슬 사회생활을 할 나이가 돼 버렸다. 하지만 현실은 남들 다 있는 변변한 졸업장 하나 없고, 배워 놓은 기술도 없다. 아무것도 없다. 꾸역꾸역 먹은 나이만 있다. 속은 바짝바짝 타들어간다. 이런 답답한 마음을 아무도 알 리 없다.

할머니는 할머니대로 그런 아빠가 답답했나 보다.

"놀지 말고 기술이라도 좀 배우고 그래라!"

소리를 꽥 지른다. 소리만 지르면 다행이다. 양동이에 찬
물 한 바가지를 담아 욕과 함께 퍼붓는다. 아빠의 말에 의
하면 친엄마가 맞는지 의심이 되었단다. 정나미가 뚝 떨어
졌다고.

'내가 누구 때문에 이 모양 이 꼴이 되었는데!'

보다 못한 할머니는 재산의 일부인 땅을 아빠에게 주기
로 한다. 그런데 이해할 수 없는 일이 발생한다. 할머니와
외삼촌은 아빠와 의논 한마디 없이 그 땅을 처분해 버린 것
이다. 아빠는 난리를 친다.

"내 건데 왜 나랑 상의 한마디 없이 그걸 건드려? 이럴
거면 애초에 주지나 말지. 줬다 뺏는 건 뭐야!"

이 일로 아빠는 할머니와 완전히 틀어진다. 그렇게 세월
이 흘러 아빠는 서른의 노총각이 된다. 그 와중에 결혼은
하고 싶었나 보다. 엄마와 결혼을 하게 되고 나와 동생이
태어난다.

할머니를 향한 원망은 여전히 꺼지지 않았다. 오히려 점
점 더 끓어올랐다. 세월이 갈수록 더해져 갔다. 아빠는 제
일 가까이에 있는 나의 엄마에게 그 원망을 모두 쏟아냈다.

엄마는 아무런 영문도 모른 채 그 불화살을 다 받아내야 했다. 몸과 마음은 크고 작은 멍으로 채워졌다. 화살의 과녁만 옮겨갔을 뿐이다. 자신의 엄마에서 나의 엄마로.

이 모자가 화해할 기회가 없었던 건 아니다. 큰아버지가 할머니를 모시고 부산으로 왔다. 판을 깔아 줬다. 그럼 그날에 결판을 내야 한다. 근데 어디서 많이 본 듯한 장면이 연출된다. 한 명이 일방적으로 퍼붓는다.

"네가 결혼을 해서 마누라도 있고 자석도 둘이나 낳고 키우는데, 이제 정신 차려야지. 아직도 정신을 못 차리나!"

손에 소화기를 쥐여 주었으면 불을 꺼야 한다. 아니 하다 못해 달래는 시늉이라도 해야 한다. 되레 화火만 더 키웠다. 가라앉아 있던 원망의 잔해들을 막 휘저어 놓고 가셨다. 아빠는 어떤가? 그간의 섭섭한 마음을 차근차근 설명하든가, 아니면 성질대로 욕이라도 퍼붓든가 뭐라도 해야 한다. 근데 할머니가 서울로 가시고 난 후에야 괄약근이 풀렸는지 배설물을 막 쏟아냈다.

"그 여자 얘기는 이제 다시 꺼내지도 마라. 내 인생이 이렇게 된 건 그 X 때문이다. 죽어도 내가 다시 들여다보는지 봐라!"

그 엄마의 그 아들, 그 아들의 그 엄마였다. 이런 사람이 내 아빠라는 사실이 너무 싫었고 부끄러웠다. 내 손으로 호적을 파고 싶었다. 답답한 나머지 야단치듯 쏟아부었다.

"아빠는 왜 그러노. 아무리 그래도 아빠의 엄만데. 그리고 우리 앞에서 그러고 싶나? 우리가 뭘 보고 배우겠노? 이제 그 정도 했으면 대화로 풀 때가 되지 않았나? 두 사람 때문에 아무 잘못도 없는 우리가 맨날 눈치만 봐야 되고. 지겹다 지겨워."

지난 과거에 묶여 할머니를 원망하고 우리를 힘들게 하던 아빠, 그런 아빠가 도무지 이해되지 않는다. 숨이 막힌다. 나는 절대 아빠 같지 않으리라. 정반대로 살아가리라. 나를 점검하고 또 점검한다. 나는 욕설이나 폭력과 거리가 멀다. 밖에서 얻어터지지 않으면 다행일 정도다. 대단한 사람은 되지 못해도 남에게 피해는 주지 말자고 생각했다. 그래서 나는 다른 줄 알았다. 그런 줄 알았다.

근데 아니다. 폭언과 폭력은 못하지만, 마지막 지뢰 하나가 내 안에서 꿈틀대고 있다. 뒤돌아보면 어린 시절부터 누군가 불편해지면 미워하는 감정에 묶여 헤어나지 못할 때가 있었다. 어른이 된 지금도 내 안에서 문득문득 직면하게 된다. 그럴 때마다 깜짝깜짝 놀란다. 나는 그걸 알면서도 때론 그 괴물에게 먹이를 던져 준다. 웅크리고 있던 괴물은 먹이를 날름날름 받아먹는다. 그리고 나면 먹이를 준 주인인 나를 몰라보는지 야금야금 삼키려고 한다. 나는 그것들을 꾹꾹 누르고 꽁꽁 숨겨 버린다. 남몰래 키워 온 그 검은 그림자와 가끔 마주할 때면 나 자신이 무섭다. 겁이 난다. 내가 그토록 미워한 아빠의 모습을 닮아갈까 봐. 아니, 내가 더 교묘한 괴물이 될까 봐.

6. 지각知覺하지 못하면
후회하는 지각생遲刻生이 된다

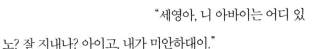

　　　　　　　"세영아, 니 아바이는 어디 있
노? 잘 지내나? 아이고, 내가 미안하대이."

　치매로 모든 기억을 잃고 요양원에 계시던 할머니, 나를
보자마자 울음을 터뜨리신다. 같은 병실에 있던 사람들이
놀란다. 매일 드나들다시피하는 큰아들을 아저씨라고 부르
던 할머니가 낯선 청년 하나가 들어오자 방이 떠나갈 듯 목
놓아 운다. 당신의 둘째 아들을 닮아서일까? 아니면 손자인
나를 기억하는 걸까?

　인생의 모든 걸 앗아간다는 치매마저 모성애는 삭제하
지 못하는 걸까? 온전치 못한 정신에도 둘째 아들에 대한

미안함을 놓지 못하신다. 나도 울컥한다. 괜찮다고, 당신 아들 잘 있다고, 울지 마시라고 안아 드렸다.

2013년 1월 10일, 아빠에게 연락했다. 할머니가 돌아가셨다고. 근데 아무 말이 없다. 정적이 흐른다. 숨소리도, 침 넘기는 소리도 들리지 않는다. "볼 일 없다"라는 한마디만 남긴다. 두 사람은 결국 외나무다리에서 다시 만나지 못하게 된다.

할머니가 돌아가신 지 3년 정도 지났을 때다. 그동안 꾹꾹 담아 놓았던 말을 하기로 결심한다. 그런데 입을 열기도 전에 걱정이 앞선다.

'평소처럼 듣지도 않고 자리에서 일어나 피하지 않을까? 욕을 하면서 말을 막지 않을까? 내 말이 배경음악에 묻혀 제대로 전달이나 될까?'

뭔가 이상하다. 평소와 너무 다르다. 본인이 듣기 싫은 말을 하면 반사적으로 일어나 피한다. 근데 가만히 앉아서 듣고 있다. 심지어 내 눈을 보면서 경청이란 것을 하고 있다. 내가 예상한 대로 흘러가지 않아 되려 당황스럽다. 이게 꿈인가 싶다. 내가 30년 동안 알던 그 호랑이가 아니다. 이빨 빠진 호랑이가 앉아 있다. 어떤 말이든 다 들어 주겠다는 표정이다. 나는 오늘이 아니면 이런 기회가 없겠다는 생각에 막 토해낸다.

"아무리 원망스럽고 꼴 보기 싫은 엄마라고 치자. 그래도 아빠를 낳아 준 엄마 아이가? 최소한 마지막에는 와 봐야 하지 않나? 두고 봐라. 내가 어떻게 할 것 같은지…. 나도 아빠 죽으면 아빠가 할머니한테 한 것처럼 똑같이 그럴 거다. 나는 아빠 아들이다. 내가 아빠보다 훨씬 더 독하다는 걸 알아라."

울먹이며 쏘아붙였다. 내 눈을 보며 가만히 듣고 있다. '그래. 니 말이 다 맞다. 그런 모습밖에 보여 주지 못한 아빠라 미안하다'라고 말하는 것 같다.

막상 약해진 아빠를 보니 마음이 너무 아프다. 차라리 평소처럼 그 잘하던 욕을 하든가, 아니면 자리에서 일어나 도망가든가. 내 얼굴은 눈물과 콧물로 뒤범벅이다. 아빠가 티슈를 건네준다. 나지막한 목소리로 나를 달랜다.

"이제 됐으니까 일어나자."

그랬다. 아빠는 할머니의 마지막 모습은 보고 싶었다. 근데 자신이 없었다. 더 정확히 수십 년간 쌓아온 마음의 둑이 한순간에 무너지는 것을 감당할 자신이 없었던 거다. 이제는 미워하고 싶어도 미워할 수 없다. 차가워진 엄마의 손을 붙들고 오열할 자신의 모습이 눈앞에 그려졌을 테다. 더불어 삼십 년 넘게 연을 끊고 지낸 형제들 앞에서 발가벗겨질 자신의 모습을 보이는 것도 두려웠던 거다. 도저히 그런 용기가 안 났을 테다. 엄마의 마지막은 보고 싶었지만, 차마 용기를 내지 못했던 거다. 오랜 시간 혼자 지내며 외로움과 죄책감에 몸과 마음이 많이 쇠약해져 있었다. 그렇게도 미워하던 자신의 엄마와 똑같은 치매를 떠안고 살아가고 있었다.

나는 아빠가 "잘 뒈졌다. 이제야 속이 시원하다. 앓던 이가 빠진 것 같다"라며 큰소리칠 줄 알았다. 나 또한 끙끙 앓던 내 마음을 쏟아내고 쏘아붙이면 가벼워질 줄 알았다. 개운해질 줄 알았다. 둘 다 아니었다. 두 부자는 되돌릴 수 없는 자신의 부모의 현실을 마주해야만 했다. 마음이 찢어지는 그 아픔을 서로 응시하고 있었다.

***

부모는 자신보다 자식을 더 사랑한다. 평생 사랑하고도 모자라서 미안하다고 한다. 그런데 아무리 사랑해도 해줄 수 없는 게 있다. 평생 기다려 주지 못한다. 사랑하다가 지쳐 먼저 떠나게 된다. 자녀는 부모의 그런 마음을 조금도 헤아리지 못한다. 지각知覺하지 못한다. 그리고 후회한다. 자녀의 후회는 지각생遲刻生이다. 무릎 꿇고 손을 들어도, 벌을 서고 후회해도 소용없다. 그땐 이미 늦었다.

7. 사랑스러운 아픔, 감사한 아픔,
끝내주는 아픔

I don't understand him

아빠는 엄마에게 빵점이고, 나에게는 빵을 사 준 사람이다. 빵 100개를 한꺼번에 먹은 듯한 답답함을 안겨 준다. 아빠에게 입은 밥이 들어가고 욕이 나오는 입구다. 대화로 풀지 않고 화로 푼다. 정말 내 아빠만 아니었으면 상대하지 못할 부류다.

천만번 양보한다. 원가족原家族과 인연을 끊는 것까지는. 그러면 최소한 앙금은 버리고 와야 했다. 팥앙금은 붕어빵이라도 만든다. 그러나 해결되지 못한 응어리는 그 가족의 인생을 힘들게 만든다. 그렇다고 누구 말을 듣는 사람도 아

52

니다. 독불장군이다. 그로 인한 상처는 오롯이 우리의 몫이다. 본인은 물론 모두를 불행한 삶으로 이끌어 간다. 그런 아빠가 도무지 이해가 되지 않았다.

그래서일까? 엄마와 동생이 못마땅하면 욕하고 때린다. 대화로 충분히 풀 수 있는 문제도 욕 퍼레이드를 펼친다. 욕의 발신자는 마음이 시원하고 개운했는지 잘 모르겠다. 하지만 수신자는 같은 욕이라도 아침마다 새롭고 늘 새롭게 느껴진다. 그럴 때마다 오른손 주먹을 쥐고 가슴에 멍이 들 정도로 때린다. 부모여서 망정이지, 마음속으로는 골백번도 더 죽인다. 정말 그랬다.

그 와중에 장남인 나에 대한 대우는 좀 달랐다. 자신에게는 시도조차 좌절되었던 학업의 한을 풀어 주리라는 기대를 걸었던 것이다. 이혼 후 크나큰 상실감에 다 포기할 줄 알았다. 그런데 나를 위해 홀로 분투하는 모습에 마음이 짠했다. 그런 모습은 실로 존경스러운 마음이 들었다. 그럼에도 나는 그 기대에 미치지 못했다. 죄송스런 마음이 남아 있다. 그 때문인지 나는 아빠에 대한 양가감정이 있었던 모양이다.

그러다 생각지 못한 일이 벌어진다. 몸살감기 한 번 안 걸리던, 무쇠 같던 사람이 길에서 넘어진다. 치아가 하나둘 부서지고, 응급차로 병원에 실려 간다. 한쪽 손과 팔이 마비된다. 기억마저 하나둘 잃어간다. 막상 이런 일이 닥치니 혼란스럽다.

'도대체 이게 무슨 일인가? 나보고 어쩌란 말인가?'

처음으로 진지하게 아빠의 심경을 헤아려 본다. 도대체 무엇이 그를 과거의 늪에서 헤어나오지 못하게 했는지를. 내가 볼 때 형에 대한 열등감에서 비롯된 듯하다. 형은 고등학교를 졸업했다. 그리고 직장, 가족, 어디서든 누구에게나 실력과 인품으로 칭찬과 존경을 받았다. 근데 자신은 모든 면에서 형과 정반대다. 엄마 때문에 학업을 그만두었고, 뭔가 마음대로 안 된다. 번번이 실패한다. 그게 다 엄마 탓이다. 여동생과 누나들도 사회적으로, 경제적으로 다들 괜찮다. 자신을 무시한다고 생각한다. 그 엄마의 그 딸이다. 그래서인지 자신과 가까운 여성에 대한 존중이 없다. 며느리의 도리를 하려는 엄마도 자신의 말을 안 듣고 무시하는 여자일 뿐이다.

어쩌면 아픈 동생을 때린 건 둘째 아들 콤플렉스가 아닐까? 첫째 아들보다 부족한 자신의 모습을 투영하면서 괴로움을 떨쳐내기 위한 몸부림 같은 것 말이다. 그런데 신기한 건 자기 형을 싫어하지 않는다는 것이다. 세상 누구도 믿지 않는다. 근데 세상 유일하게 믿고 따르는 사람이 형이다. 형 같은 사람 없다고 칭찬한다. 아빠는 그렇게 과거를 용서하지 못하고 열등감의 그늘에 스스로를 가두고 살아왔다.

그 외로움과 아픔이 몸과 마음을 병들게 하지 않았을까? 찬찬히 그 마음을 헤아려 보니 마음이 짠하다. 지금까지 그 마음을 품고 어찌 살아왔을까? 얼마나 힘들었을까? 가늠이 되지 않는다. 그나마 믿은 아들도 자신을 향해 답답하다고, 아예 없었으면 좋겠다고 생각했으니 말이다.

당시 내 나이 서른 초반. 개인적으로, 사회적으로 중요한 시기다. 근데 아픔은 한순간에 모든 것을 무너뜨린다. 그 이전과 이후의 모든 삶은 부정된다. 나의 모든 것을 박탈한다. 모든 것에서 탈락시킨다. 인정의 대상이 아니라 그저 동정의 대칭이 된다. 그리고 레이스에서 떨어져 나온 불안함, 아무것도 할 수 없다는 무력감, 나 혼자 견뎌내야 하는 외로움, 이 모든 과정의 끝이 보이지 않는다는 것. 아니 어쩌면 출구가 없을지도 모른다는 막막함. 이 아픔이라는 거울의 조각으로 그 아픈 마음을 들여다본다. 흐릿하게 보이기 시작한다. 다만 한 번도 보려 하지 않았던 거다. 과거에 묶여서 울고 있는 그 마음이 아프게 다가온다. 그 마음에 가닿기 시작한다. 과거에 묶여 살았던 그의 인생이 조금씩 이해가 가기 시작한다.

그러자 나만큼은 용서해야겠다는 생각이 들었다. 그러지 않으면 인생의 마지막 순간까지도 외톨이로 남을 게 분명하다. 나라도 이 원망의 고리를 끊어야 한다. 그러지 않으면 불행은 또 반복될 거다. 나마저 홀로 내버려 두어 아프게 했다는 죄책감, 이놈이 나를 평생 가만히 두지 않을 거다.

그 이해와 화해의 징검다리에는 못이 박혔나 보다. 하나하나 건널 때마다 내 가슴을 사정없이 푹푹 찔러댄다. 살점이 찢겨 나가는 듯한 아픔에 쓰라리다. 그래도 그 아픔을 참고 견뎌야만 한다. 그래야 이해와 화해의 자리로 함께 걸어갈 수 있으니까.

　인생, 참 얄궂다. 하나를 내줘야 다른 하나를 얻게 되는 현실이라니. 하지만 어쩌랴? 그게 우리의 인생인데. 거기다 아픔의 아름다움을 배웠다면 그 무엇을 더 바랄 수 있으랴. 아픔, 나는 너에게 고마워할 거다. 너를 칭찬할 거다. 우리의 사랑스러운 아픔이여. 감사한 아픔이여. 끝내주는 아픔이여.

8. 943일간의 짧고 아픈 마지막 추억

010-9***-6***

큰아버지다. 애니콜 2G폰 액정에 푸른 빛이 켜진다. 왠지 불길하다. 불길한 예감은 틀린 적이 없다고? 과연 그렇다. 아빠의 건강에 빨간불이 켜졌다.

몰골이 말이 아니다. 집도 주인처럼 엉망이다. 세면대, 변기, 욕조 등 온전한 게 하나도 없다. 화장실은 전등이 나가 버렸다. 흰색 침대 커버는 누렇게 찌들었다. 악취와 거미줄이 코와 눈을 찔러댄다. 도심 속 폐가 체험도 가능하겠다. 나는 한여름 땡볕의 메로나다.

일단 피신시켜야 한다. 심신의 안정은 물론, 치료가 시급하다. 요양병원, 여기 말고는 다른 선택지가 딱히 떠오르지 않는다. 그간 병원 출입문을 내 집처럼 드나들어 익숙하다고 생각했다. 근데 아니었다. 동생을 정신병원에 입원시킬 때와 또 다른 먹먹함이 내 마음을 짓누른다.

어느 날이다. 아빠가 새벽에 병원을 탈출해 버린다. 입원 전에 살던 집 앞 놀이터까지 다녀왔다고 한다. 다행히 택시 기사분의 기지로 별일은 없었다. 평소 혼자서 걷는 것도 힘들어한다. 그런데 어떻게 비상구로 나갔는지, 간절하면 초인적인 힘이 발휘되는 건지 여전히 미스터리다.

그 와중에 병원의 대처 방식은 어이가 없다. CCTV를 삭제하고 직원의 입을 단속한다. 아무런 인정도, 사과도 없다. 진정 어린 사과 한마디면 넘어갔을 거다. 나는 관계 기관에 신고했고, 담당자는 진흙탕 싸움이 될 거라고 한다. 내겐 그럴 여력이 없다. 그럼 방법은 단 하나, 이 무책임하고 거지 같은 병원을 진짜로 탈출하는 거다.

2018년 5월 11일, 날씨마저 화창했다. 우리 둘은 손을 맞잡았다. 힘차게 "출발!"을 외친다. 앰뷸런스는 서울을 향해 달리기 시작한다. 신기하다. 밴, 트럭, 경차, 중형차, 경찰차 할 것 없이 모두가 양옆으로 길을 비켜 준다. 한 번의 막힘도 없다. 5시간이 채 안 걸려 도착했다. 요양병원에 입원한 지 1년 6개월 만이다.

평소와 달리 해열제를 복용해도 열이 떨어지지 않는다. 119를 불러서 가장 가까운 종합병원 응급실로 갔다. 나는 정중하게 부탁했다.

"치매/파킨슨 환자입니다. 몸이 불편하고 인지 능력도 많이 떨어집니다. 그러니 조심스럽게 부탁드립니다. 양해해 주십시오."

그런데도 응급의는 침대에 쿵쿵 내려놓는다. 재차 조심히 살살 대해 달라고 부탁한다. 그래도 쿵쿵거린다. '알아서 할 건데, 무슨 말이 그리도 많냐'는 듯 못마땅한 눈치다. 서로 쨰려본다. 주체할 수 없는 화가 치밀어오른다. 칼이 눈에 꽂힌다.

'저 재수 없는 눈과 심장에 확 꽂아 뿌까!'

오른손은 물론 온몸이 덜덜 떨린다. 그때다. "응급실에서 의료인을 해할 경우 5년 이하의 징역 또는 5천만 원의 벌금"이라는 안내 문구가 눈에 꽂힌다. 그래도 분노가 쉬이 사그라들지 않는다.

'냉정하게 생각하자. 히포크라테스 선서 같은 건 밥 말아 먹은 저런 엿 같은 놈에게 말려들지 말자. 지금을 잘 넘기자. 무엇보다 아빠를 돌보는 일에 차질이 생기면 안 된다.'

숨을 깊게 들이마시고 내쉰다. 만약 내가 그때 감정대로 행동했다면 어찌 됐을까? 아마도 지금쯤 의사와 아빠는 납골당 동기. 나는 감옥에서 이 글을 쓰고 있을지도 모르겠다. 어찌 됐든 잘 참았다. 감옥보다 병원이 백번 나으니까.

마지막으로 또 한 번 응급실에 실려 갔다. 보통 일주일 정도 입원하고 나면 훌훌 털고 일어났다. 이번에는 좀 심각하다. 각종 항생제와 수액과 영양제를 때려 붓는다. 그런데도 열은 물론 폐렴, 요로감염, 패혈증이 잡히지 않는다. 밥은 콧줄로, 호흡도 기계의 힘을 빌린다. 상태가 호전될 기미가 전혀 안 보인다. 잠에서 깨어날 생각이 없는 듯하다.

'이번이 정말 마지막이겠구나.'

병원에서 요양원으로 복귀한다. 기력이 다한 듯 보인다. 온종일 눈을 감고 자다가 한 번씩 깨어나긴 한다. 뭔가 눈으로 말하는 것 같은데, 도통 알아챌 수 없다. 답답하다. 그렇게 사십 일을 누워 있었다. 그리고 그대로 깨지 않는 잠에 빠져들었다.

"아빠, 장남 세영이 왔어. 제발, 한 번만 일어나 봐. 응?"

몸을 흔들어도 아무런 반응이 없다. 뭐가 그리도 급했나? 마지막 인사도 없이 훌쩍 떠나 버리고. 943일. 둘만의 추억은 짧고도 아팠다. 더 이상 볼 수도, 만질 수도 없는 그가 그립다. 그리고 보고 싶다.

아빠는 KTX 열차 같다.

1분도 기다려 주지 않고 떠난다.

떠나는 시간도 알려 주지 않고.

귀띔이라도 해 주지. 이 무정한 사람.

이놈은 만날 지각생이다.

가는 시간 모르면 마중 나오면 될 텐데.

떠나는 기차 보고 울기만 하네.

울어도 소용없다. 그만 울어라.

멀어져 가는 저 기차에 탄 우리 아빠
다시 올 줄 알았는데, 편도로 가셨네.
오늘 밤 꿈에 나타나면 좋겠네.
부끄러워 못한 말 할 수 있게.
사랑했다고, 감사했다고.

0. 사진으로 사랑하다

5년 전이다. 새것처럼 깨끗한 일룸 책상을 주워 왔다. 가로 80에 세로 60센티 길이다. 책상 뒤에는 가로 3열과 세로 3행 폭 27x길이 170x높이 120cm의 책장이 하나 있다. 거기에는 가로와 세로의 길이가 제각각인 책들이 꽂혀 있다. 책장 위에도 각종 책과 잡다한 서류들로 가득하다. 다들 전입신고를 마치고 사는 중이다. 집주인인 나는 그들의 주거권을 보장할 책임이 있다. 그중 앨범 2개가 미처 공간을 찾지 못하고 있다. 뭘 먹었는지 덩치가 꽤 크다. 두께는 12센티, 무게는 6.1킬로가 나간다. 이들이 살아갈 공간이 남아 있는지 모르겠다.

어디 보자. 아, 저기 제일 아래 왼쪽 칸이 비었다. 적당한 그늘과 가림막도 있다. 딱이다. 약간의 테트리스 기술이 필요하다. 앞부분이 툭 튀어나왔다. 그래도 다행히 높이는 딱 맞다. 앨범이 들어간다. 게다가 A4 용지 1장이 들어갈 수 있는 공간도 남았다.

오랜만에 꺼낸 앨범에 먼지가 수북하다. 먼지를 닦아내고 한 장 두 장 넘겨본다. 아빠는 내가 입든 벗든, 울든 웃든, 자든 깨든 다 담고 싶었나 보다. 옷을 다 벗었는지도 모르고 빠다코코낫을 들고 웃는 아기, 삼성병설유치원 로고가 박힌 가방을 자랑스럽게 메고 있는 유치원생, 해운대 모래사장에 앉아 엄마와 동생과 어깨동무하고 있는 앳된 중학생.

신기하다. 사진은 나를 데려간다. 그날의 날씨, 온도, 그때의 감정으로. '그때가 좋았지' 하면서 혼자 나이 든 티를 팍팍 낸다. 다시 돌아갈 수 없는 그때를 그리워하고 아쉬워한다. 그러다 지금까지 몰랐던 놀라운 사실을 하나 알게 된다.

내가 갓 돌이 지난 추운 겨울이었다. 엄마 아빠와 나는 대구 달성공원으로 나들이를 갔다. 포동포동한 볼은 새빨갛다. 뭘 그리 많이도 먹어댔는지 배가 불룩하다. 옷도 그 배를 가리지 못한다. 뒤뚱뒤뚱 제대로 서 있지도 못한다. 그런데도 걸어보려고 용을 쓴다. 엉거주춤하게 오른발을 내디딘다. 제 무게를 못 이겨 중심을 잃는다. 오른쪽으로 쿵 하고 넘어진다. 아빠가 으차 하고 일으켜 세워 준다. 다시 내디딘다. 이번엔 왼쪽으로 넘어진다. 인생의 첫 실패다. 쓰라리다. 공원이 떠나가라 막 울어댄다. 이럴 땐 한 템포 숨 고르기가 필요하다. 진짜 명작은 남이 찍어 준 사진에서 나온다고 했던가? 아빠는 행인에게 사진을 찍어달라고 부탁한다. 우리는 겨울나무 앞에서 첫 가족사진을 찍었다.

1993년도에 열린 대전엑스포에 갔을 때다. 여느 날처럼 아빠는 찍사였다. 혼자 찍기만 한다.

"아빠, 저기 서 봐. 내가 한 장 찍어 줄게."

내가 처음으로 찍어 본 사진이었다. 그리고 유일한 아빠의 독사진이다. 그날의 순간을 분명히 기억한다. 어린 나는 카메라로 사진을 한 번 찍어 보고 싶었다. 그리고 아빠도 찍지만 말고 찍혀 보라는 마음이었다. 그러면서 아빠 손에 있던 카메라를 빼앗는다. 그땐 몰랐다. 이 사진이 아빠의 건강한 모습을 담은 유일한 사진이 될 거라고는. 만약 그때 내가 그런 호기를 부리지 않았다면 아마 이 사진도 없을 뻔했다. 정말 다행이다. 이 사진이라도 한 장 건져냈으니까 말이다.

의도한 건지 아닌지 자신의 사진은 거의 없다. 증명사진은커녕 우리와 찍은 사진도. 그의 자리는 카메라 앞이 아니었다. 늘 뒷자리였다. 자신을 숨겼다. 렌즈로 나와 동생 그리고 엄마를 바라보았다. 삼십 년 넘게 한 가정의 가장으로 살아왔다. 그런데 딱 두 장의 사각 종이 위에 피사체로 담겨 있다.

'왜 이전에는 몰랐을까?'

아빠가 요양원에서 지내고 있을 때다. 이전의 강인한 모습은 온데간데없다. 환자 그 자체다. 마치 40년 전 대구 달성공원에서 가족사진의 배경이었던 앙상한 가지만 남은 겨울나무 같다. 빠질 대로 빠진 머리칼, 반쯤 감긴 눈, 툭 튀어나온 광대뼈, 썩고 부러져 몇 개 남지 않은 치아, 기운 없는 목소리, 굳을 대로 굳은 팔. 그 단단하던 살과 근육은 어디에다 버렸나? 딱딱한 뼈만 만져진다. 그 순간 마음이 급해진다. 하루가 더 늦기 전에 아빠를 남겨야 한다는 생각이 든다. 이런 겨울나무 같은 아빠도 내 아빠니까. 그리도 아끼고 아끼던 2G폰을 스마트폰으로 바꾼다. 나의 급한 마음을 아는지 힘들면서도 애써 웃는다. 이제는 찍사가 아닌 피사체다. 이제야 스마트폰 렌즈 위에 담긴다.

아빠는 옷 하나도 20년 넘게 입는 구두쇠였다. 그런 그가 40년 전 필름 카메라를 구입했다. 그것도 강원도 태백의 탄광촌에서 '메이드 인 재팬'이 박힌 고가의 카메라를. 평생 유일한 사치였다. 그저 집에 있는 갓난아이의 이 모양 저 모양을 담으려는 마음에. 어떤 순간도 다시 돌아오지 않기에 그 순간을 잠깐이나마 정지하고픈 마음이었을까? 언젠가는 서로 찍지도, 찍히지도 못하는 그 시간이 올 거라는 걸 생각했던 걸까?

당신도 자신의 마음을 표현하고 싶었다. 다만 말로 사랑을 표현하는 데 서투르고 어색했다. 그리고 거칠고 투박했다. 카메라 렌즈를 빌려 자신만의 방식으로 마음을 표현한 거다. 40년 후의 렌즈로 그를 바라보니 그 마음을 알겠다. 40년 전 렌즈로 나를 바라본 그 마음이 보인다. 그 마음이 전해져 온다. 그도 사랑을 표현했다. 다만 말이 아니었다. 사진으로 사랑을 했다.

10. 이혼도, 이산도 아닌 재회 가족

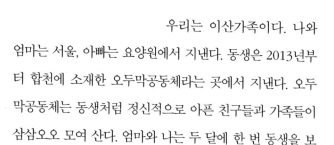

　　우리는 이산가족이다. 나와
엄마는 서울, 아빠는 요양원에서 지낸다. 동생은 2013년부
터 합천에 소재한 오두막공동체라는 곳에서 지낸다. 오두
막공동체는 동생처럼 정신적으로 아픈 친구들과 가족들이
삼삼오오 모여 산다. 엄마와 나는 두 달에 한 번 동생을 보
러 간다.

　　보통 일주일 일정이다. 첫날 짐을 푼다. 동생은 마치 소
풍 떠나기 전의 아이 같다. 약간 상기되어 있다. 시간은 참
변덕스럽다. 지겹고 짜증날 때는 속 터질 정도로 느릿느릿

기어간다. 근데 재밌고 즐거울 때는 붙잡고 싶을 정도로 잽싸게 도망가 버린다. 해가 뜨고 지는 건 얼마나 빠른지 일주일, 168시간도 눈 깜짝할 정도로 짧다. 서울로 돌아가야 할 마지막 날이 된다. 그러면 풀었던 짐을 다시 챙긴다. 그땐 동생의 얼굴 표정이 확 달라진다. 보기도 싫은지 다른 곳에 가 있다. 낯빛은 어둡고 대답도 잘 안 한다. 가만히 있어도 뚱뚱한데 얼굴까지 뚱해 있다.

동생은 감정을 말로 잘 표현하지 못한다. 하지만 얼굴과 행동에 그 감정이 다 드러난다. 엄마와 함께 보낸 일주일은 그 어느 때보다 밝다. 안정된 모습이다. 그런데 엄마가 서울로 가고 나면 매번 보이는 행동이 있다. 마을 입구에 앉아 드나드는 차를 멍하게 쳐다보는 것이다. 엄마가 보고 싶다는 표현이다. 마음이 먹먹해진다. 일주일의 포만감이 오히려 더 큰 허전함을 남겨 주고 간 셈이다.

동생은 어릴 때부터 오랜 시간 혼자 떨어져 지냈다. 그놈의 치료를 받는다는 이유로. 사실 건강한 사람도 외로움이라는 감정을 말로 표현하는 게 쉬운 일이 아니다.

"나, 지금 외로움을 견디기 힘들어요."

71

때론 이 짧은 한마디를 내뱉는 데 많은 용기가 필요하다. 어디 그뿐인가? 견디는 것 또한 보통 일이 아니다. 그래서 외로움에는 장사가 없다고 하지 않는가? 그런데 하물며 정신적으로 아픈 동생은 오죽했을까?

나도 혼자 지내는 것의 외로움을 모르지 않는다. 늦은 밤, 불이 꺼진 집에 들어올 때면 알 수 없는 적막함과 쓸쓸함이 머리부터 발끝까지 감싸 안는다. 집의 모든 불을 켜도, 보일러를 틀어도 그 기운은 쉬이 녹여지지 않는다. 하염없이 지하로 뚫고 들어가는 마음을 붙잡으며 잠을 청한다. 하지만 이마저도 쉽지 않은 게 외로움을 견디는 거다.

게다가 얼마 전 아빠가 혼자 외롭게 지내다 중한 병을 얻었다. 답답한 아빠와 말도 섞기 싫다고, 내 삶도 힘들다고 돌아보지 않았다. 그렇게 홀로 내버려 두는 바람에 아프게 만든다. 그 죄책과 후회로 죽을 만큼 괴롭고 힘들다. 아빠를 떠나보내며 혼자 지내는 동생의 마음이 더 아프게 다가온다. 그 어떤 신경정신과 약보다 가족이 주는 안정감이 더 필요하다는 생각이 내 마음을 계속 두드려댄다. 하지만 이를 뻔히 알면서도 똑같은 실수를 반복하지는 않을까 겁이 난다.

이런 생각은 누구나 할 수 있다. 중요한 건 당장 실행에 옮길 수 있느냐다. 아무리 생각해도 간단한 문제가 아니다. 항상 문제투성이였던 내가 여기서도 가장 문제다. 다름 아닌 건강의 문제다. 종종 응급 상황이 발생한다. 그러면 즉시 응급실로 가야 한다. 질환 특성상 서울이 아닌 일반 도시에서는 대응이 쉽지 않다. 그런데 합천 깡촌이라니, 막막함 그 자체다.

그리고 한 달에 한 번은 정기적으로 외래를 다녀와야 한다. 한 번 갈 때마다 최소한 2박 3일은 소요된다. 그에 따르는 숙박비와 교통비는 우리 형편에 어찌 감당할 것인지 답이 나오지 않는 문제다. 엄마도 기존 삶의 바운더리를 완전히 바꿔야만 한다. 그리고 비와 바람을 막아 주는 조그마한 보금자리 또한 있어야 한다. 분명 동생이 걱정되는 건 맞다. 하지만 가방 하나 둘러메고 무작정 내려갈 수 있는, 그런 간단한 문제가 아니다. 생각하면 할수록 답이 안 나오는 답답한 문제다. 그 후 엄마와 매일 밤낮으로 고민에 고민을 거듭한다.

오랜 고민 끝에 결론을 내린다. 더 이상 동생을 혼자 두지 않기로 말이다. 나의 건강은 마음대로 컨트롤할 수 있는 게 아니다. 그럼에도 일단 부딪쳐 보기로 한다. 최대한 몸을 관리하고 조심해서 응급 상황이 발생하지 않기를 바랄 수밖에 없다. 숙박 문제는 셰어하우스 같은 곳을 찾아보기로 한다. 그러면서 서울에서 지내던 집을 정리하고 조그마한 보금자리를 마련하기로 한다. 지인들에게도 거취에 대한 전후 상황을 알리고 서울에서 정리할 것들을 하나둘 처리해 나간다.

이 사실을 동생에게 가장 먼저 알린다.

"엄마도, 형아도 여기 오는 게 너무 힘들다. 그래서 이제부터는 너 보러 안 올 거다."

얼굴에 그늘이 진다. 나는 재빨리 동생을 안아 주었다.

"여기로 아예 내려오는 거다. 이제는 세 명이 다같이 사는 거니까. 걱정하지 마. 이제 엄마랑 같이 살아서 억수로 좋냐?"

"좋아요."

동생이 살짝 웃는다.

다시 한 지붕 아래로 모인다. 오랜 시간 서로 떨어져 지낸 아쉬움만큼 처음은 애틋하다. 누가 그랬나? '인생, 혼자는 외롭고 함께는 괴롭다'라고. 정말 그렇다. 그 애틋함은 며칠 아니 하루도 못 간다. 이사 온 첫날부터 이삿짐을 내리며 집안이 시끄럽다. 서로 못마땅해하고 답답해한다. 서로의 마음을 긁어대고 얼굴을 붉힌다.

오늘도 별일 아닌 일로 언성이 높아진다. 다시는 안 볼 사람처럼 화를 낸다. 서로 상대방이 원인 제공을 했다면서 박박 우긴다. 그러고 나서는 후회한다. 하지만 다음 날이 되면 별일 없다는 듯 지낸다. 문제도 두 배에서 세 배로 늘어난다. 분명 내일도 비슷한 문제로 서로 화내고 우기고 후회할 거다.

누군가 그런다. 굳이 내려가서 살 필요까지 있냐고. 그리고 재회를 후회하지 않느냐고. 아니다. 나는 다시 선택해도 동일한 선택을 할 거다. 왜냐면 이혼 가족은 있어도 이산가족은 없다. 살아 있는 사람은 그저 만나서 보면 된다. 근데 죽은 사람 기다리듯 목 빠지게 하는 건 잔인한 일이다. 그리고 하나보다 둘이, 둘보다 셋으로 뭉치니 든든하다. 모난

세 명이 합천에서 합치기를 잘했다. 이제 우리는 더 이상 이산가족이 아니다. 재회 가족이다. 이런 게 사람 사는 게 아닐까?

11. 무르지도, 버리지도 못하는 가족

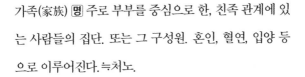

가족(家族) 뗑 주로 부부를 중심으로 한, 친족 관계에 있
는 사람들의 집단. 또는 그 구성원. 혼인, 혈연, 입양 등
으로 이루어진다. 늑처노.

이는 「표준국어대사전」이 정의 내리는 가족이다. 국어사
전이 아닌 나의 사전은 이렇게 말한다.

나는 분명 선택한 적이 없다. 그럼에도 불구하고 애착을
갖게 된다. 끊고 끊으려 해도 질겨서 쉬이 놓기도 힘들
다. 마치 타조 가죽 같다. 무르지도, 버리지도 못한다.

아래는 가족들의 속마음이다. 아마도 이러지 않았을까?

마음이 아파서 몸도 아프게 된 아빠

"엄마가 아팠을 때 학교를 그만두지 말았어야 했어. 형은 고등학교까지 졸업하고 번듯한 직장에 다녔잖아? 어디서든 칭찬과 존경을 받기까지 했고. 누나들과 여동생들도 죄다 시집을 잘 갔어. 어찌 된 게 나만 꼬였어. 나만 외톨이야. 제일 불행한 건 나였어. 엄마에 대한 원망 때문에 힘들기도 했고…. 엄마와 닮은 누나와 여동생도 똑같은 사람들이라고 생각했지. 애들 엄마는 시어마이한테 돈 주지 말고 잘할 필요도 없다는 내 말 들으면 되는데, 죽어도 안 듣더라고. 더 열이 받았지. 장남은 기대가 큰 만큼 실망도 컸어. 내가 둘째 아들이라서 그런지 둘째를 볼 때마다 늘 마음이 복잡했어. 변명 같겠지만 둘째를 때렸던 건 못난 나 자신을 때린 건지도 모르겠어. 둘째 아들 콤플렉스 같은 건가?

주말마다 내려오던 장남이 언제부턴가 바쁘다고 안 내려오더라고. 혼자 살면 편하고 좋을 줄 알았는데…. 점점 다 귀찮아지더라고. 다른 건 몰라도 건강에는 자신 있었어. 헌데 내가 치매/파킨슨 환자라니…. 도저히 믿기지 않아.

그리고 무서웠어. 눈도, 다리도, 치아도 점점 다 망가져 가는 걸 봐야 했으니까. 이런 게 인생인 걸까? 그래도 장남이 내 옆을 지켜줘서 정말로 다행이야. 너는 나를 끝까지 포기하지 않아서 고맙구나. 아들아."

자신의 이름도, 인생도 다 잃어버린 엄마

"가족이 생기면 행복할 줄 알았어. 그땐 어려서 뭘 몰랐던 거지. 내 이름도, 나 자신도 잃어 가는 거란 걸. 신혼 때부터 남편은 내 편이 아니었어. 반쯤 포기했지. 안 그러면 제 명에 못 살 것 같았거든. 그 와중에 둘째가 아팠지 뭐야. 얘 돌보느라 젊은 시절을 다 보냈네. 둘째가 아프고 애들이 커가면서 좀 달라질 줄 알았어. 근데 여전하더라니까. 점점 지치고 도저히 못 버티겠더라고. 이러다 정말 무슨 일이 일어날 것만 같았어. 나라고 뭐 완벽한가? 이혼에 내 책임도 분명히 있겠지. 내가 많이 부족했으니까. 할 수만 있다면 다 되돌려 놓고 싶었어. 근데 그게 어디 가능한가?

그래도 두 아들이 있으니까 남은 인생 애들 보면서 살면 되겠다 생각했지. 아이들이 내 전부잖아. 그래도 첫째는 알아서 잘 살 줄 알았지. 근데 얘마저 아파 버리네. 더 이상 무너질 가슴이 없는 줄 알았는데, 또 무너지더라고. 남들은 다 자식들 결혼시키고 손주들 황혼 육아에 허리가 휜다고 해. 그런데도 함박웃음을 짓더라고. 그런데 나는 다 큰 애들 육아일기를 다시 쓰고 있으니 쓴웃음만 나와. 이런 나의 마음, 누가 알까?"

하고픈 말, 보고픈 마음을 담고 사는 동생

"15살부터 아팠어요. 금방 나을 줄 알았죠. 혹시 몰라서 고등학교는 졸업했는데, 이후로도 계속 무시무시한 정신병원을 여러 차례 들락날락했어요. 하얀색, 노란색, 분홍색에 다 길쭉하고 둥글둥글한 모양의 약을 먹어요. 나름 시간 맞춰 잘 먹어요. 근데 아빠라는 인간은 내가 못마땅한가 봐요. 때리고 욕했어요. 그리고 나만 가족과 떨어져 살아야 했어요. 오랫동안요. 보고 싶은데 말로 표현을 잘 못했어요.

하지만 여기 합천의 오두막공동체는 좋아요. 다 같이 일하고 밥도 같이 먹거든요. 그래도 엄마가 보고 싶었어요. 가끔은 형도요. 이건 비밀인데, 형보다 새우깡이랑 밀감이 더 반가웠어요. 이제 세 명이 같이 살기로 했어요. 더 이상 육각정에 앉아 엄마를 기다리지 않아도 돼요. 근데 나를 '돼지, 뚱뚱이, 왕돼지'라고 놀리는 형이 무지하게 귀찮아요.
'밥 천천히 먹어라. 밥보다 반찬을 더 먹어라. 뱃살 빼야 치
킨 사 준다' 등 오만 잔소리에다 사사건건 참견해요. 그럴
때마다 밥맛이 확 떨어져요. 형이라 두들겨 팰 수도 없고.
그래도 내가 좋아하는 새우깡, 핫바, 월드콘도 사다 주죠.
심지어 자기 옷은 안 사면서 내 옷은 사다 주기도 하고요.
미워할래도 미워할 수 없네요.

　세 명이 같이 살면 좋을 줄 알았어요. 근데 항상 좋은 것
만은 아니더라고요. 참, 아빠라는 사람은 살아 있는지 죽었
는지 모르겠어요. 사실 내 인생 하나도 살아내기 벅차네요.

　아~, 몰라몰라. 밥이나 먹을래요."

가죽이 찢어지면 그 가치를 잃는다.
가족은 버려도 여전히 가족이다.

당신은 당신 가족을 뭐라고, 어떻게 정의하는가?

2장

어제, 엎질러진 물이 아니다

1. 나의 착각을 찰칵하고 찍다

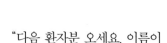

　　　　　　　　　　"다음 환자분 오세요. 이름이랑 생년월일이 어떻게 되나요?"

　"네. 김OO이고, 80년 6월 5일생이에요."

　병원 접수창구가 아니다. 환자를 부르는 소리도 아니다. 그럼 뭐야? 강원도 태백 탄광촌 언덕에 자리 잡은 삼성초등학교 병설유치원의 교실이다. 36년 전이지만 기억이 생생하다. 당시는 유치원생이 자기 이름을 자기 손으로 직접 쓸 줄 아는 경우가 많지 않았다. 고사리 같은 손으로 연필을 잡고 삐뚤빼뚤 한 획 한 획을 긋는다. 친구와 선생님 앞에서 으쓱대며 자랑해댄다. 그 시골에서, 그 나

84

이에 좀 빨랐다.

큰물에서 놀려면 으레 말은 제주도로, 사람은 서울로 가야 한다. 우리 집은, 아니 아빠는 선견지명이 있었다. 30년 전인 그때부터 '거리 두기'를 알았다. 그리고 실천했다. 할머니와 최대한 거리 두기. 서울과 최대한 멀면서 대도시여야 했다. 당시 신발 산업 등으로 활발했던 제2의 도시인 부산 낙찰! 초등학교 3학년 말에 전학을 갔다.

나는 언제나 칭찬 받는 아이였다. 공부만이 아니다. 운동을 좋아했는데, 특히 축구와 배구를 잘했다. 축구는 고등학교 1학년 때까지 늘 주축 멤버였다. 반 대항이나 학교 대항 어떤 경기든. 배구는 언더 토스와 오버 토스 동작 등을 보여 주는 시범 조교를 맡기도 했다. 당시에는 배구 선수가 되고 싶었다. 부모님에게 배구부가 있는 초등학교로 전학을 보내 달라고 졸랐다. 무시당했다. 키가 작다는 이유로. 반별 장기자랑도 내 몫이었다. 당시 최고 인기였던 심형래의 "영구 없다. 띠리리리~" 흉내로 초등학교 교실들을 엎어 버리기도 했다. 소풍을 가면 친구들은 나를 둘러쌌다. 내가 하는 율동을 따라 했다. 동요, 특히 「하늘나라 동화」로

동요대회에 나가려고 했다. 마침 일이 생겨 끝내 한을 풀지 못했다. 고등학교 2학년 수학여행 때다. 변성기가 온 줄도 모르고 정신없이 노래를 꽥꽥 부르고 고함을 질러댔다. 그 때 목이 다 망가졌다. 그전까진 멋들어지게 잘 불렀는데…. 믿거나 말거나.

공부면 공부, 운동이면 운동, 노래면 노래, 인기면 인기, 인사성도 바르고 잘 웃기까지 했다. 그 시절은 행복해서 웃는 게 아니라 웃어서 행복한 시절이었다. 지금 생각해 보면 내 인생에서 제일 자신감 넘치고 못 하는 게 없는 밝은 아이였다.

어떤 부모든 내 자식이 제일 똑똑하다고 생각한다. 그 무뚝뚝하던 우리 아빠도 예외는 아니다. 내가 싹이 좀 보였다. 기대를 넘어 확신하는 눈치였다. 받아쓰기부터 시작해 각종 테스트에서 만족스러운 점수를 받아 왔다. 그러면 과자부터 이런저런 선물로 보상해 주었다. 하루는 아빠가 큰아버지와 통화한다.

"아, 우리 세영이 똑똑해. 이대로만 계속 잘하면 연고대는 갈 수 있겠어."

허허 웃는다. 연고대는 개뿔! 연고만 여기저기 덕지덕지

바르고 있다. 30년이 지난 지금까지도.

중학교에 입학할 당시에는 선행 학습 개념이 크게 없었다. 누가 시키지도 않았는데 영어에 관심을 가지고 좋아했다. 길거리에서, TV에서, 책을 보며 혼자 알파벳의 소리를 익혔다. 파닉스를 알지 못할 때였으니 그 방법은 단순무식하다. 'Hyundai(현대)'란 단어를 보자. 'H'가 'ㅎ'으로, 'y'가 '이', 'u'는 '어', 'n'은 'ㄴ', 'd'는 'ㄷ', 'ai'는 '애'. 이 단어저 단어를 놓고 비교한다. 공통점을 추려내는 방식으로.

중학교 첫 영어 시험이 기다려졌다. 식은 죽 먹기다. 잽싸게 풀고 전체를 다시 몇 번 훑어본다. 그런데 그중 한 문제가 안 풀린다. 이리 보고 저리 보며 머리를 때리고 쥐어뜯어 봐도 도저히 안 풀린다. 과연 그 한 문제만 틀린다. 더불어 한자도 좋아했다. 영어와 같은 방식으로 관심을 가졌다. 한자도 타 과목처럼 따로 공부할 필요가 없을 정도다. 물론 어려운 한자의 획을 다 쓰진 못한다. 그저 모양을 보면 읽어 내는 정도의 관심이다.

다만 국사는 최대 약점이었다. 어려웠다. 역사적인 사건의 흐름과 그 사건의 인물들이 펼치는 전체 서사에 대해서는 거의 까막눈이다. 대부분 찍거나 힘들어서 포기한다. 그렇더라도 평균 90점은 나올 거라고 생각했다. 근데 거기에는 못 미친다. 80점대다. 당시에는 스스로에 대한 기대가 컸다. 그만큼 실망도 엄청 컸다. 지금 생각하면 참 멍청하고 어리석었다. 당시에는 세상이 끝난 줄 알았다. 그 후로는 공부에 흥미를 잃고 아예 손을 놓아 버렸다.

우연찮게 그때의 성적표를 20년 후 다시 보게 되었다. 혹시나 해서 모든 과목의 점수를 더해 평균을 내본다. 깜짝 놀랐다. 담임 선생님의 담당 과목이 영어였는데, 산수는 못했나 보다. 선생님이 볼펜으로 쓰고 도장을 찍어 확인한 각 과목의 점수 합계가 틀린 것이다. 혹시 몰라서 중학교 2~3학년 때 성적도 더하고 나눠 본다. 과연 그렇다. 1학년 때 첫 시험 성적만 문제다. 그 성적표를 보며 바보같이 혼자 낙담했던 거다. 연필로 한 번만 더해 보고 나눠 봤더라면 어땠을까? 이제 와서 후회해 봤자 무슨 소용이 있겠나? 선생님을 찾아가 '당신의 그 실수 하나 때문'이라고 따질 수도 없다.

그럼에도 나는 똑똑하다는 착각을 한다. 마음만 먹으면 언제든 원하는 결과를 얻을 수 있다고 생각했다. 그래서인지 야간 자율학습도 땡땡이를 많이 치고, 잠이 오면 잔다. TV 볼 것도 다 본다. 노래방에서 목청껏 노래 부르며 논다. 정말 건방지다. 그러면서도 바라는 건 최상위다. 무슨 마음에서인지 고3이 시작될 때는 삭발도 한다. '정신과 의사가 되어서 동생을 고쳐 줘야겠다'라고 생각한다. 그렇게 목표만 거창하다. 반면에 노력은 최하위다.

결국엔 재수를 한다. 부모님의 이혼 등 여러 이유로 집중해서 공부하지 못한 탓도 있다. 나는 드라마틱한 역전도, 원하는 결과도 얻지 못하고 성적에 맞춰 가게 된다. 그러다가 서른 살 초반에 무시무시한 암초에 걸려 넘어지고 만다. 이제는 육체적으로 더 이상 아무것도, 역전도 노릴 수 없는 몸이 되어 버린다. 용두사미 그 자체다. 이게 나의 인생 중간 성적표다.

'주인공은 오래오래 행복하게 잘 살았다'라는 동화의 마지막처럼 되었으면 어땠을까? 극적이고 멋질 거다. 허나 그런 반전은 없다. 평범함도 없다. 참으로 민망하다. 쥐구멍을 찾고 싶다. 무덤까지 들고 갈 이야기였다. 근데 모든 걸 박제되는 글로 이렇게 공개해 버렸다. 생각했던 것보다 더 부끄럽다. 한편으로는 당연한 거다. 고기를 입에 넣어 씹지도 않고, 아령을 들지도 않으면서 근력이 강화되기를 바라면 되겠는가?

이 민망하고 부끄러운 과거를 왜 드러냈나? 한마디로 나는 착각 속에 갇혀 살았다. 그 착각으로 흑역사를 만들어 냈다. 이 또한 내 인생이라는 걸 인정하기 위함이다. 그리고 부끄럽고 쓰디쓴 과거를 반성하고 새로운 미래를 그려 나가기 위함이다. 그래서 나는 공개적으로 내 인생의 모든 '착각'을 '찰칵' 하고 사진을 찍는다.

2. 사랑은 어려웠고, 사랑에 어렸다

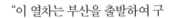

"이 열차는 부산을 출발하여 구
포, 밀양, 동대구, 대전, 오송, 천안 아산과 광명을 거쳐
서울에 도착하는 OOO호 KTX 열차입니다. 고객 여러
분, 편안한 여행 되시기 바랍니다."

2007년 5월이다. 구포역에서 열차를 탔다. 자리에 앉자
마자 나를 반기듯 안내 멘트가 흘러나온다. 나는 여행이 아
닌 취업행이다. 세상에 편안한 취업행은 없다. 그래도 한껏
부푼 기대감으로 서울을 향해 부산을 떠난다. 그 어렵다는
무소속의 '무'를 뽑으며.

인생은 얻으면 잃는다. 어딘가에 소속되었다는 안도와 기쁨은 잠시다. 낮에는 낯선 업무와의 싸움이 펼쳐진다. 저녁에는 익숙하면서도 적응되지 않는 외로움과의 전쟁이다.

6개월 되던 때다. 편집자 누나가 물어온다.

"세영, 내가 아끼는 여자 동생이 한 명 있어. 세영과 잘 어울릴 것 같아서 말이야. 어때?"

나는 실실 웃었다. 나를 좋게 본 모양이다. 여러모로 감사하다. 주선자가 친구였다면 사진 먼저 보여달라고 했을 거다. 그럴 필요가 없었다. 왜냐? 그 누나가 매력적인 사람이었기에. 나는 침을 꿀꺽하고 말을 삼켰다. 때론 내가 바보 같다. 이성이 마음에 들면 극도로 긴장한다. 거울 속에 비친 나의 눈을 보며 짧고 굵게 한마디 한다.

"힘 빼!"

힘 있는 기합 덕분인지 긴장이 풀린다. 하나도 뻘쭘하지 않다. 피자도 냠냠 맛있게 잘 먹는다. 그녀는 나를 신기하게 쳐다본다. 이때 사투리가 나와줘야 한다.

"덩치에 비해 억수로 많이 묵어요."

서울 사람을 무장 해제시켜 버린다. 이날의 나에게 100점을 주고 싶다. 마치 이전에 만난 사람을 대하듯 시종일관

분위기를 주도했다.

"어땠어? 괜찮지?"

"네. 역시 누나예요. 감사해요."

"잘 만나 봐."

누나의 응원과 함께 그해 겨울은 봄이 되었다. 마치 오래 알고 지낸 사람처럼 편하다. 무엇보다 대화가 잘 통한다. 왜 이제야 만났느냐며 급속도로 빠져든다. 몇 번 만나지도 않았다. 그럼에도 결혼 같은 미래와 관련된 단어를 나눈다. 너무 앞서가지는 말자고 생각했다. 그럼에도 이런 상황이 싫지만은 않다.

그런데 이건 정신이 나가도 한참 나갔다. 한 달 중 가장 바쁜 마감일에 약속을 잡았다. 미쳤다. 다들 마감에 정신이 없는데 나 혼자 퇴근을 한다. 같이 있다는 행복감에 죄책감도 멀리 달아나는 듯하다. 그러다가 갑자기 불안감이 불쑥 피어오른다. 출판사는 나의 사무실이자 숙소다. 3시간 전 퇴근했던 그곳으로 다시 돌아가야 한다.

바로 그때다. 이별의 씨앗이 떨어진다. 덩치에 비해 잘 먹는 나에게 A 양이 묻는다.

"집에서는 밥을 어떻게 해 먹었어?"

나는 아무런 꾸밈없다.

"엄마가 해 주면 먹었는데, 엄마가 없을 때는 귀찮아서 그냥 굶어."

그 친구가 다시 묻는다.

"아빠는?"

"응. 엄마 아빠 이혼했어."

그냥 보면 지극히 평범한 대화다. 나는 '순간의 심리전心 理戰'으로 느껴진다. A 양은 뭔가를 확인하고 싶다. 나는 상대의 마음이 보인다. 동시에 사무실의 일로 복잡한 마음 한 가득이다. 그때 그 질문이 훅 들어올 줄 몰랐다. 아주 짧은 순간에 두 가지 생각이 들었다. 무게감이 다르다. 숨기면 안 되겠다. 뭐, 내가 이혼한 것도 아니고 숨긴다고 숨겨질 것도 아니다.

그냥 있는 그대로 얘기한다. 근데 A 양은 달랐나 보다. 이혼이라는 단어를 듣는 순간 얼굴 표정이 확 변한다. 뭔가 걱정하는 눈빛이다. 그 불안해하는 모습과 사무실 동료들을 만날 생각에 발걸음이 두 배로 무겁다.

분위기 전환이 필요하다. 다들 일찍 퇴근하고 나면 오피

스텔에 나만 남는다. 둘이 함께 장을 보고 음식을 만들어 먹으면 좋을 것 같았다. A 양도 흔쾌히 그러자고 한다. 그전 주말에 나는 부산에 내려갔다. 그날에 만나서 줄 선물과 편지지를 샀다. 집으로 돌아오면서 전화를 걸었다. 전화벨만 신나게 울려댄다. 처음엔 바쁜 줄 알았다. 아닌 것 같다. 또 혼자서 먼 미래의 문제를 껴안고 울고 있는 모양이다. 불길하다.

12월 24일 새벽, 서울로 올라오는 기차 안이다. A 양 친구로부터 전화가 온다. A 양도 나를 좋아하는 건 분명하다. 근데 내가 이혼한 부모의 자녀라는 현실을 감내할 자신이 없다고 전해 준다. 도무지 이해가 안 간다.

'그게 그렇게 중요한가? 왜 벌써부터 그걸 걱정하지?'

이내 내 마음은 슬프고 억울한 감정으로 뒤덮이기 시작한다. 손으로 입을 막아도 울음이 새어 나온다. 참고 참으려 해도 눈물이 하염없이 흘러내린다. 순간 달리는 열차에서 뛰어내리고 싶은 마음도 든다. 마음을 진정하기가 어려웠다.

모두 퇴근하고 사무실에 나 혼자 남았다. 마음이 뒤숭숭하고 안절부절못한다. 혼란스럽다. 밥도 먹다 만다. 울다가 그치기를 거듭한다. 잠들었다가 깨기를 반복한다. 정신이 나간 것 같다.

나는 1차선을 달리고 있었다. 2차선의 차가 신경을 거슬리게 한다. 급기야 방향지시등을 켜지 않고 끼어든다. 끼이익 하고 미끄러졌다. 나란 사람, 세상 온화하다. 웬만해서는 다 참는다. 근데 에어백이 터질 만큼 크게 부딪힌다. 이건 못 참는다. 갓길로 세우라고 한다.

"야, 운전을 이딴 식으로 하고 난리야!"

멱살 잡고 흔들어대기 직전이다. 근데 그럴 수 없다. 왜? 어디서 많이 본 사람이다. 운전자가 내 부모였던 거다. 나는 1차선, 부모는 2차선. 각자 다른 차선을 달린다고 생각했다. 근데 아니다. 부모의 이혼이 나의 연애와 결혼에 영향을 미치고 있었다. 미칠 노릇이다. 부모의 이혼이 처음으로 원망스러웠다.

그러다 문득 '선택'과 나눴던 대화가 생각났다. 나는 부모의 그 선택이 좋거나 나쁘다고 하지 않았다. 존중한다고 했다. 부모의 잘못은 전혀 없다. 다만 내가 바보였던 거다. 헤어지고, 아니 차이고 난 후 1년 넘게 상대를 잊지 못했다.

헤어나오지 못했다. 상대의 'No'라는 선택에 나의 반응은
꽝이었다. 나는 바보였다. 바보는 사랑을 잘 몰랐다. 바보에
게 사랑은 어렵고 사랑에 어렸다. 그래서 그렇게 서툴렀고,
서둘렀나 보다.

3. 나는 희'귀한' 놈이니까

오늘은 가을옷 사러 가는 날!

나의 눈과 마음을 즐겁게 할 어떤 애들이 기다리고 있을지 한껏 기대된다. 콧노래가 절로 나온다. 발걸음이 가볍다. 아이들 어른 할 것 없다. 얼굴 찡그린 사람을 찾아보기 어렵다. 눈요기하는 윈도 쇼핑족, 이월 상품은 물론 신상 구매자의 얼굴에도 웃음꽃이 핀다. 그래서일까? 명품 구매자의 어깨가 유달리 더 쫙 펴지고 힘이 팍 들어가 보인다. 어쨌든 쇼핑은 모두에게 신나는 일이다.

인생은 한 끗 차이라고 했던가? 나도 가을옷 사러 가는 의류 쇼핑이면 얼마나 좋을까? 2012년 10월 말, 나는 의료 쇼핑을 하러 가야 했다. 의료 쇼핑족은 얼굴에 혈색 하나 없고 황달기로 뒤덮였다. 동네 내과부터 시작해 직장에서 가까운 종합병원으로 발걸음을 옮긴다. 쇼핑이 여기서라도 끝났으면 좋았을 텐데… 종합병원도 모자랐는지 상급병원까지 두루 가게 된다.

내가 뭐가 좋은지 피곤이 가시질 않는다. 간염이겠거니 했다. 웬걸, 임산부보다 혈색소가 낮다고 한다. 종합병원으로 가보라는 의사. 또다시 채혈과 대변 등 각종 검사를 한다. 며칠 후 혈액암이라 한다.

'내가 뭘 잘못 들었나?'

다시 물어본다. 대답은 같다. 몰래카메라인 줄 알았다.

'내가 암이라니….'

친한 지인이 오진의 가능성이 있다고 더 큰 병원으로 가보라고 한다. 정신 차릴 새 없이 서울아산병원을 방문하고 재검사를 한다. 집집마다 옷의 질감, 색감, 디자인이 다르다. 여기서 나는 또 다른 진단 결과를 얻는다. 야간혈색소뇨증PNH; Paroxymal Nocturnal Hemoglobinuria, 희귀난치질환이다. 혈액암을 진단받았을 때와는 또 다르다. 흐리멍덩해진다.

'뭐, 이런 게 다 있지? 간염 정도로 생각했는데…. 약만 잘 챙겨 먹으면 괜찮다고 했는데…. 별거 없을 줄 알았는데…. 혈액암에다 듣보잡 질환인 PNH까지.'

희귀병이라서 그런지 인터넷에도 자료가 희귀하다. 다행히 네이버에 환우 카페cafe.naver.com/pnhinfo가 있다. 궁금한 것들을 이것저것 물어본다. 이 질환의 특징은 어떤지, 정말 치료 약이 없는지, 이 분야의 최고 권위자는 누구인지. 동병상련의 마음에서인지 친절하게 하나하나 설명해 준다. 그리고 가톨릭대학교 서울성모병원 혈액내과의 이종욱 교수를 추천한다. 그 즉시 병원 예약을 하고 재차 혈액 검사를 한다. 이전과 다르지 않다. 다시 확인 도장을 받는다. 아니 심장에 총을 맞는다. 정신이 하나도 없다. 그 순간 죽은 듯 숨죽인다. 나의 세상은 멈추었다.

이름도 희귀하고 범상치 않다. 야간혈색소뇨증, 한 번이라도 들어봤는가? 너도, 나도, 누구도, 어디에서도. 심지어 일반 의사들도 못 들어봤다고 한다. 증상 또한 복잡하다. 모든 증상은 적혈구가 깨지면서 시작된다. 손가락 하나 까딱하지 않았는데 극심한 어지러움과 피로를 느낀다. 콜라색

소변이 콸콸콸 나온다. "이 아까운 콜라, 누가 버렸어"라고 할 정도다. 마치 걸레를 손으로 짜듯 근육이 뒤틀린다. 거의 분만 수준의 고통고통지수 8단계이다. 마약성 진통제를 맞아야 겨우 진정이 된다. 거기에다 방금 백 미터를 전속력으로 달리고 온 것처럼 헉헉거린다.

더 심각한 건 눈에 드러나지 않는 증상이다. 깨진 적혈구의 잔해물은 혈관을 돌아다닌다. 그러다가 피떡이 된다. 이 피떡이 혈관을 막는다. 혈전이 생긴다. 이는 심장마비, 뇌졸중, 신장과 폐의 기능 저하 등을 가져온다. 혈전이 생기면 정상인이나 혈전이 없는 PNH 환자들에 비해 더 빨리 사망한다고 한다. 진단받은 후 5년 내 사망률은 35퍼센트다. 의학계에서는 이런 우리를 걸어 다니는 시한폭탄이라고 한다. 나 또한 눈에 보이는 증상들이 모두 나타나면서 이 35퍼센트에 해당되었다.

그럼 치료제는 있는가? 있긴 있다. 하지만 없는 것과 마찬가지다. 한 번 주사를 맞는 데 2천만 원이기 때문이다. 그것도 2주마다 한 번씩 해서 1년에 26번을 맞아야 한다. 약 5억 원의 비용이 든다. 거기에다 1년을 맞는다고 끝이 아니다. 죽을 때까지 평생 맞아야 한다. 기가 찬다. 아프다는 사실도 잊게 만든다. 골수이식이라는 완치 방법도 있다. 하지만 공여자를 구하기란 쉽지 않다. 겨우 이식한다 해도 20퍼센트 정도는 합병증으로 사망한다.

동생은 20년째 아프다. 엄마 속은 탈 대로 타버려서 재밖에 안 남았다. 그런데 나마저 이렇게 되다니 너무 가혹하다. 희한한 질병의 주인공이라니! 표현할 단어도 떠오르지 않는다. 병에서 회복되어 살아날 방법도, 아픈 채로 살아갈 자신도, 숨 쉬는 것도, 그 어떤 것도 할 수 있는 게 없다. 아무것도. 그렇다고 누구를 원망한다고 해결될 일도 아니다.

멍하니 천장을 쳐다보며 누워 있다. 그때 누군가 내 머리에 야구공을 던진다. 와장창 깨지는 느낌이다.

'야, 인마! 네가 원망은 안 해도 절망하고 있잖아? 아무것도 못하는 자신이 한없이 부끄럽고 답답하잖아!'

내 마음을 들킨 것 같다. 부끄럽다. 나를 발가벗기는 그 생각을 죽이고 부정하고 싶다. 하지만 그럴 수 없다. 사실이니까. 다른 사람은 속여도 나 자신을 속일 순 없다. 나조차 느끼지 못할 정도로 서서히 절벽 끝으로 밀어내고 있다. 절망의 절벽으로.

여느 날처럼 머리도 아프고 온몸에 힘이 없다. 그냥 누워 있다. 기분 전환이라도 할까 싶어 TV를 튼다. 악뮤가 노래를 부른다.「다리꼬지마」를 들어도 별로다. 그 재밌던 드라마「내 딸 서영이」도 눈과 귀에 들어오지 않는다. 전원을 끈다. 천장을 물끄러미 쳐다본다. 햇살이 창을 막 비집고 들어온다. 눈을 제대로 뜰 수가 없어 눈을 감는다. 그리고 다시 천장을 본다. 예전에 어디선가 봤던 문구 하나가 떠오른다.

두 사람이 똑같이 창살을 통해서 밖을 내다본다. 한 사람은 진흙탕을 보고, 다른 한 사람은 별을 본다. 프레더릭 랭브리지

번쩍하고 섬광이 일어난다. 빠개지듯이 아프던 머리가 마취 주사를 놓았는지 아무런 느낌이 없다. 한참 생각에 잠긴다. 그러다 나는 나에게 말한다. 마치 노래를 읊어대듯이.
'그래. 지금은 누가 뭐래도 진흙탕에서 진흙 범벅으로 사는 거야. 이건 때려죽여도 변하지 않는 사실이고 현실이지. 진흙탕에 뒹굴어도 마음만은 별을 보자. 어두워서 아무것도 보이지 않아? 그럴수록 별은 더 빛나게 보여. 저 사람

103

이 내딛는 열 걸음을 부러워 마. 질질 끌고 가는 나의 한 걸음이 더 값져. 그것도 벅차면 그냥 머물러 있어도 돼. 그러다가 다시 걸어가면 되고. 오늘 걷지 못한다고 해서 안타까워하거나 재촉하지 마. 이제 내 삶은 경주가 아니라 연주演奏야. 이 질병 자체가 비극이 아니야. 나의 삶으로 살아내지 못할 때, 그때 비극이 되는 거야. 왜? 이제 나는 희'귀한' 놈이니까.'

하마터면 의료 쇼핑하다가 절망까지 살 뻔했다. 다행히 단기간 내 절망을 반품할 수 있었다. 그때부터는 악뮤의 매력적인 멜로디와 노랫말이 들리기 시작했다. 배우 이보영의 얼굴이 참 예뻐 보인다.

4. 질병학교가 가르쳐 준 것들

초등학교 선생님이 되려면 교대, 엔지니어가 되려면 공대, 간호사가 되려면 간호대, 의사가 되려면 의대, 예술가가 되려면 미대에 가야 한다. 각 학교에 입학하려고 다들 10년 이상의 피나는 노력을 한다. 이런 학교는 누구나 가고 싶다. 반면에 아무도 지원하지 않는 학교가 있다. 심지어 그냥 들여보내 줘도 싫다. 바로 내가 다니는 '질병학교'다. 나는 전공과목PNH과 교양 과목조현병, 치매/파킨슨, 욕창, 연하 장애 등의 수강 이력이 있다.

가훈 없는 집은 있다. 하지만 교훈 없는 학교는 없다. '진리는 나의 빛', 우리나라 최고 대학인 서울대학교의 교훈이다. 학급에는 급훈이 있다. '칠판 보기를 송중기 보듯', 여긴 여학생 학급인 모양이다. 다음은 백 프로 남학생 반이다. '칠판은 트와이스고, 교과서는 여자친구다.' 그리고 여긴 재미도, 인간미도 없는 반이다. '쟤 깨워라.'*

내가 다니는 질병학교에 트와이스와 여자친구는 없다. 그러나 교훈은 있다. '아픈 만큼 배운다.' 재미없긴 마찬가지다. 중요한 건 누구도 강요하지 않는다는 것. 안 배워도 상관없다는 것. 그런데 아무리 눈과 귀를 닫고 다녀도 하나라도 배우게 된다. 교과서가 가르쳐 주지 않는, 교과서에 없는 내용을 배운다. 그러니 질병의 교수는 못 되어도 인생의 고수는 될 수 있다.

상황에 적응한다, 그리고 살아낸다

아프면 몸만 아픈 게 아니다. 덩달아 계좌도 아프다. 신음 소리를 낸다.

'내 살 깎아 먹지 마라. 차라리 주지를 말지. 줬다 뺏는

* 박서강, "진화하는 급훈, 화석이 된 교훈", 한국일보, 2017.04.13, 17면.

게 어됐냐?'

마음이 아프다. 괜히 더 서러워진다. 이럴 때일수록 계좌와 고통의 짐을 함께 짊어져야 한다. 지나가는 길에 떡볶이가 먹고 싶어도 참고, 새우깡을 집어 들고 한참 고민한다. 계산대 앞으로 갔다가 유턴해서 선반대에 올려놓는다. 나를 덮는 옷가지는 웬만하면 생각을 덮는다. '먹고 싶어요. 사고 싶어요' VS '한 번만 더 참아!' 전투를 치른다.

계좌를 돕는 작은 팁! 포털에서 '행정안전부 착한가격 업소'를 검색한다. 지역별, 업종별, 가격대별로 찾아본다. 당시 남성 커트가 4천 원, 기존 미용실과 3배 차이다. 지금은 올랐다. 그럼에도 5천 원. 이 정도면 검색해 볼 만하지 않은가?

다른 건 없다. 아끼기 아니면 안 쓰기. 지지리 궁상인가? 나름 최선이다. 나에게 주어진 상황을 살아가려면 어쩔 수 없다. 사는 데 많은 애로隘路가 있어도 살아가는 데 에러error가 있으면 안 되니까.

배출한다, 발암적인 생각을

국립농업과학원 왈, 불에 구운 고기를 먹은 후 배를 섭

취하면 탄 고기에서 발생한 발암성 물질을 몸 밖으로 배출하는 효과가 있다고 한다. 나에게 질병학교는 배와 같은 곳이다. 철없는 어린 시절은 그랬다. 뭐 좀 잘한다고 생각하면 속으로 우쭐댔다. 반면에 좀 못 하거나 실수하면 쉬이 낙담하고 포기해 버렸다. 내가 가진 게 없어도 곧 내가 가질 것이고, 세상은 나 중심으로 돌아간다고 생각했다. 심각한 착각 속에 빠져 살았다. 그런데 이제는 확실히 안다. 그 누구도 아무리 지랄 발광을 해도 그런 일은 절대 없다는 것을. 그런 생각은 발암 물질이다. 등신 같고 쥐구멍이라도 찾을 일이다. 이제야 좀 바람직한 생각을 할 모양이다.

그 어떤 것도 당연한 건 없다

어제도, 오늘도 당연한 듯이 일어난다. 술술 넘기는 물 한 모금, 한 입 베어 먹는 아침 사과, 한 발 한 발 걷는 걸음, 가슴 깊숙이 들이마시는 맑은 공기, 지겹게 들리는 엄마의 잔소리, 친구와의 즐거운 수다, 누워서 보는 「재벌집 막내아들」, 졸리면 하품해대며 잠들기. 누군가에게 당연한 것이 누군가에게는 생애 마지막 소원이다. 누구나 가능하던 것들이 나에게 불가능해지는 그 순간이 온다. 불평과 불만은

108

부끄러운 투정이 된다. 내일이 오는 게 당연할까? 내일 일은 난 모른다. 과거의 어떤 날도, 오늘도, 내일도 당연한 날은 없다. 그 어떤 것도 당연한 건 없다. 당연한 건 당연한 게 아니다. 엄청난 거다.

죽음에 순서 없다. 질병도 그렇다

2023년 3월 2일, 목요일 오전 10시.

입학 일시가 정해진 게 아니다. 옆집 할아버지가 먼저일지, 아니면 유치원생이 먼저일지, 그때가 언제일지 아무도 모른다. 언젠가는 그날이 온다. 입학통지서가 날라온다. 누구는 어린 나이에, 또 누구는 중요한 시기를 앞두고, 또 어떤 분은 늘그막에. 물론 경제적 수준에 따라 발병의 차이는 있다. 다행히 기부금, 성적순, 외모순으로 입학을 거절하고 피해갈 순 없다.

입학하면 무조건 배우게 된다. 여기서 주의할 점 하나, 다른 환우와의 성적 비교는 의미 없다. 하나라도 배운다면, 이전과 다른 관점으로 살아간다면 모두가 우등생이다. 어리고 젊은데 벌써 아파 어쩌냐라며 색안경 끼고 보지 말기, 나이 들어서 아픈 건 당연하다고 생각하지 않기. 죽음에 순서 없다. 질병도 그렇다.

아파보면 알게 된다. 나를 그리고 너를. 내가 지금까지 어떻게 살아왔는지 가늠해 볼 수 있다. '기브 앤 테이크'가 통용되는 결혼식 참석과는 차원이 다르다. 긴 병에 효자 없다. 하물며 긴 병에 절친을 기대할 수 있을까? 나와 함께 아픈 시절을 건너가는 사람이 있는가? 한결같은 사람이 있는가? 그런 사람은 드물다. 희귀하다. 그래서 진짜다.

* * *

아프면 다들 마이너스라고 한다. 아니다. 질병 학교가 그랬다. 꼭 마이너스가 되는 건 아니라고. 몸은 분명 마이너스다. 하지만 마음은 마음먹기에 따라 플러스가 된다고. 몸은 튼튼하지 않아도 마음은 튼튼해진다. 든든해진다. 마지막 날엔 결국 내가 질 거다. 그래도 살아서 눈을 뜨고 있는 한, 더 이상 나에게 '질' 병이 아니다. 내가 '이길' 병이라고 하나둘 배워 간다.

5. 나는 배고프고 보고프다

'200,000,000'

아직도 기억이 난다. '다이아몬드' 직급자가 통장을 펼친다. 30센티 투명한 자를 숫자 아래에 갖다 댄다.

"우와! '0'이 무려 8개, 2억이다."

24년 인생, 은행 통장에서 처음 보는 숫자다. 뭔가에 압도된 기분이다. 그 순간 의심은 집으로 도망가고 욕심만 남는다. '아, 나는 2억까지는 안 바란다. 매월 2백만 되어도 좋겠다'라며 눈을 뜨고 꿈을 꿨다.

며칠 후 택배가 온다. 다 쓸모없는 것들이다. 그걸 본 아빠는 "이, 사기꾼 같은 X새끼들, 뭣도 모르는 놈을 속여서

등쳐 먹으려고 그래?" 본인의 주특기인 욕과 고함으로 한바탕 뒤집어 놓는다. 다행히 욕 잘하는 아빠 찬스로 깔끔하게 멈춘다. 동시에 사기꾼 친구 하나를 정리한다. 덕분에 본업인 중간고사를 망친다. 장학금을 놓친다. 철없던 시절, 다단계가 던져 준 쓰라리고 웃픈 기억이다. 그때를 생각하면 헛웃음만 나온다. 참으로 멍청했다. 바보 천치였다.

매슬로 욕구 5단계가 있다. 1단계부터 순차적으로 만족해야 5단계 욕구가 나타난다는 이론이다. 내가 뭐, 매슬로 욕구 5단계에 불만이 있는 건 아니다. 나 같은 놈이 70년 이상 된 대학자의 이론을 감히 틀렸다고 할 수 있겠는가? 나는 다만 할 말이 있다는 거다. 매슬로 욕구 5단계도 피라미드요, 엄연히 다단계라는 거다.

나는 어릴 때부터 유독 1단계와 3단계의 욕구가 들끓었다. 배고픔의 욕구, 그리고 누군가를 사랑하거나 사랑받고 싶은 보고픔의 욕구로. 지금도 여전히 뭔가에 배고파하고 누군가가 보고프다.

이 두 가지 욕구는 공통점이 있다. 각각의 공간이 존재한다는 것이다. 배고픔은 위胃라는 공간, 보고픔은 마음이라

는 공간. 공간의 존재 목적은 채움에 있다. 최소 하루 세 번
은 채워줘야 한다. 어쩌면 사람에 따라 시도 때도 없이 채
워줘야 한다. 채우지 못하면 문제가 생긴다.

"야! 주인 뭐해? 여기 비었다니까. 빨리빨리 안 채우고
뭐해? 미련곰탱이도 아니고."

한시도 지체하는 꼴을 못 본다. 주인의 사정은 안중에도
없다. 굉장히 이기적이다. 조금이라도 늦으면 꼬르륵 소리
를 낸다. 안 채우면 난리가 난다. 툭하면 고장이 난다. 어떨
땐 약도 소용없다. 참 빡빡하다. 위와 마음, 이 놈의 공간들.
나를 위하는 마음이 전혀 없다.

"야, 위! 너는 신神도 못 채워 주는 걸 내가 꼬박꼬박 세
끼 넣어 준다 아이가? 그리고 니 허전할까 봐 신라면, 바나
나, 카스타드, 핫바, 도넛, 어묵, 떡볶이 같은 것도 넣어 주
고, 물도 하루에 2리터나 부어줬는데. 남들처럼 블링블링한
한우 같은 거 구경 못해서 그런 거가? 그래도 너거는 풀칠
은 한다 아이가. 저 마음 좀 봐봐라. 마음이는 얼마나 아픈
지 아나? 그런 너거는 고맙다는 말 한마디도 안 하면서 와
그리 불만이 많노?"

그렇다. 마음이 아프다. 마음의 공간은 누가 드나든 흔적

113

조차 없어진 지 아주 오래다. 여기저기 뻥뻥 뚫린 하얀 거미줄만 보인다. 그러니 마음에게 마음이 더 쓰인다. 누군가 말했다. '비워야 채운다'라고. 그딴 말은 딴 데 가서 해라. 지금 나에게는 별 쓸모없는 명언이다.

또 누가 그런다. "전지전능한 신이 채워 줄 건데 왜 걱정해?" 아니다. 당신들이 말하는 그 전지전능한 신은 위도, 마음도 못 채워 준다. 더 정확히는 신이 채워 주고 싶어도 그럴 수 없다. 반드시 내가 채워야 채워진다. 거꾸로 말하면 내가 채우지 않으면 누구도 채우지 못한다는 거다. 그랬더니 또 씩씩 화를 낸다.

"그럼 도대체 신은 뭐하는데?"

일단 우리 손으로 입에 음식을 넣어야 한다. 입에서 잘게 부수고 넘겨야 한다. 그러면 신은 위에서 산酸이 나와서 소화하도록 설계해 놨다. 그리고 남녀가 서로에게 끌려 연애하고 결혼하도록 프로그래밍해 놨다. 신의 역할은 딱 거기까지다. 내용을 채우는 건 각자 우리의 몫으로 남겨 놨다. 어떻게든 먹을 걸 얻든, 사든 구해야 한다.

마음도 상대의 마음을 사야 한다. 외모로든, 성품으로든, 학벌로든, 돈으로든, 취향으로든 상대방에게 피해를 주지

114

않는 선에서. 더 정확히 말하면 상대 이성과 코드가 맞아야 한다. 나는 110V 플러그다. 그런데 상대는 220V 콘센트다. 그럼 당연히 꽂히지 않는다. 꽂히지 않으니까 전기가 안 통한다. 시도조차 불가능한 거다. 남녀 관계만 그런 게 아니다. 모든 인간관계가 그렇다. 위도 마찬가지다. 우리가 직접 채워야 한다. 여기에 제발 신을 소환하지 마라.

이 두 공간은 눈, 코, 입처럼 눈에 띄지 않는다. 그런데 이 공간을 채우는 내용과 과정은 너무 잘 보인다. 그야말로 경쟁이다. 아니 전쟁이다. 쉬는 시간도 없다. 잠도 안 잔다. 24시간 연중무휴다. 여기저기서 사진과 영상으로 드러내고 자랑한다고 난리도 아니다. '나는 당신보다 더 좋고 맛난 걸로 위를 채워요.' '나는 누구보다도 더 멋지고 예쁜 사람으로 마음을 채워요.'

누군가에게는 대한민국도 좁다. 너른 바다를 오가며 채운다. 다들 '부러우면 지는 거라고 한다.' 그러면서도 남이 채워가는 과정을 구경하는 데 삼매경이다. 아예 페이스북, 인스타그램 같은 판이 깔려 있다. 긍정적으로 존중받고, 인정받고, 칭찬받고자 하는 욕구를 잘 파악한 놀이터다. 어쩌

면 우리는 이 두 공간을 누가 더 잘 채우는가 하는 전쟁에
서 승리하기 위해 평생 공부하고 일하는 건지 모르겠다. 자
아실현이라는 걸 하기 위해.

배고픔의 공간은 때마다 내 손으로 채운다. 그런데 보고
픔의 공간은 폐업한 지 오래다. '임대 문의'라는 팻말을 꽂
아 놓은 매장 같다. 매장은 한 줌의 온기도 없다. 차가운 기
운이 감돈다. 솔로라서 그런지 쓸쓸해 보인다. 홀로라서 그
런지 외로워 보인다. 아프기까지 하다. 사람과 사람의 온기
로 북적대던 예전이 그립다. 아무도 없는 공간空間이 설렘
으로 채워져 가는 공간共間이 되기를 애타게 바란다. 보고
픔의 공간이 더 이상 배고픔의 공간을 부러워하지 않기를.
그리고 솔로 다음 단계인 멜로로 올라갈 수 있기를 바란다.

오늘도 나는 맛난 음식에 배고프다. 매력적인 사람이 보
고프다. 이것을 보면, 이들을 생각하면 설렌다. 그때마다 애
써 이 헛헛함을 달랜다. 나는 지금 배고프고, 보고프다. 당
신은 배고픈가, 아니면 보고픈가?

6. 내 편지를 받을 누군가가 생기면 좋겠습니다

초등학교 4학년 때다. 전교에서 가장 예쁘고 공부도 잘하는 여자아이가 있었다. 나의 서툰 마음을 표현하고 싶었다. 말로 하기에는 좀 쑥스러웠다. 고민하다가 편지를 썼다. 누구에게 배운 것은 아니다. 맨 첫 줄을 'To 사랑하는 XXX에게'라고 썼다. 그땐 'To'가 '~에게'라는 뜻인지도 몰랐다. 그저 내 안에서 터져 나오는 순수한 마음을 적어 내려갔다. 그리고 전달했다. 내 인생의 첫 편지였다.

당시 그 친구는 나이에 비해 성숙했다. 그럼에도 좀 놀랐나 보다. 받은 편지를 자기 엄마에게 그대로 보여 준 모양이었다. 그 친구 엄마가 학교에 오셨다.

"이제 열한 살밖에 안 된 너는 어디서 그런 표현을 배웠니? 맨 첫 줄부터 깜짝 놀라게 하더구나."

내 마음을 들킨 것만 같아 부끄러웠다. 나는 친구 엄마를 멀뚱멀뚱 쳐다보기만 했다. 두 볼은 빨개졌다. 지금 생각해도 참 쑥스럽다.

그때부터 알았다. 편지라는 친구는 사람의 마음을 움직이는 강력한 마력이 있다는 것을. 받는 사람은 말할 것도 없다. 쓰는 사람의 마음에도 잔잔한 기쁨과 감동을 준다. 그래서 그 후로 마음을 표현할 일이 있을 때면 늘 편지를 쓰곤 했다. 그 대상이 이성이든 아니든. 그리고 전달했다. 그러면 답장을 받았다.

12년 전의 일이다. 나와 직접적인 친분도 접점도 전혀 없었다. 다만 한 다리 건너 아는 여자라는 사실 밖에. 조심스러웠다. 그럼에도 시도는 한번 해 보고 싶었다. 나의 지인에게 부탁했다. 한 번만 만나게 해 달라고. 친절한 나의 지인은 그분의 지인을 통해 나의 의사를 전달해 줬다. 당사자는 갑작스런 제안에 난감해했다고 한다. 당연히 난감하고 고민됐을 거다. 그런데 정말 고맙게도 나의 의사를 존중해 주었다. 나는 거절 당할 확률 99퍼센트의 약속을 얻어내는 데 성공했다. 야호!

약속한 그날이다. 이놈의 병이 또 재발했다. 어떻게 생겨 먹은 놈인지 마음은 검은데 머리는 하얘진다. 멍해진다. 스무 살 초반에도 그랬다. 너무 떨려서인지 아니면 너무 좋아서 밥을 안 먹어도 배불러서인지. 세상에나! 밥충이가 밥을 한 숟가락 뜨고 다 남긴 채로 나왔다. 십 년이 지났는데 여전하다. 평소 모습은 엿 바꿔 먹었나 보다. 그런 내가 정말 싫었다. 실력 발휘는 개뿔. '아, 바보, 멍청이, 해삼, 멍게, 말미잘'이다. 이걸 어떻게 얻은 기회인데… 허무하게 자책골로 만들어 버렸다.

내 그럴 줄 알았다. 그럴 줄 알고 비장의 무기, 편지를 써 갔다. 그런데 이 등신 같은 짓도 정도껏 해야 수습이 가능하다. 편지를 전달할 자신도 없어졌다.

'어찌해야 되나? 이대로 그냥 집으로 돌아가서 후회할 거냐, 아니면 쪽팔려도 눈 딱 감고 전달은 하고 갈 거냐?'

빨리 결단을 내려야 했다. 그 순간 나의 머리는 느릿느릿 거북이, 가슴은 깡충깡충 토끼였다. 후회하기 싫었다. 통화

버튼을 눌렀다. 용건만 간단히 말했다.

"미안하지만 다음 역에서 잠시만 내려줄 수 있을까요? 제가 깜빡하고 전달하지 못한 게 있어요."

다행히 알았다고 한다. 전화를 끊고 그 즉시 명동역에서 내렸다. 그리고 마침 반대 방향으로 들어오는 지하철에 간신히 올라탔다. 미아사거리역에서 기다리고 있었다. 나는 미리 준비해 간 편지를 가방에서 꺼냈다. 그리고 전달했다.

"긴장하고 떨려서 내 마음을 제대로 말하지 못했어요. 혹시 몰라서 마음을 적어 드려요."

편지가 내 손에서 떠났다. 동시에 마음이 홀가분해졌다. 마치 시험 종료벨과 동시에 OMR 카드를 제출한 기분이었다. 바보짓 한 것은 다 잊자. 용기를 내어 전달했다는 것에 의미를 두자며 나를 위로했다.

'띠리링.' 문자가 배달됐다. 그 친구의 문자다. '나에게 이제 할 말이 없을 텐데' 하는 생각으로 폰을 열었다.

「내일 잠시 만나요. 나도 전달해 줄 게 있어요.」

별 기대 없이 확인하고 폰을 닫았다.

다음 날이다. 그 친구의 두 손에는 한 뼘 길이의 하이얀 봉투가 들려 있었다. 그 위에 그 친구의 이름과 'To 김세영'이 라는 글자가 적혀 있었다. "집에 가서 읽어 보세요"라며 편지 를 건네준다. 어안이 벙벙했다. 예상하지 못한 상황이었다. 나 는 가장 가까운 지하철 화장실에 들어갔다. 봉투를 열었다. 두 번 접은 편지지를 펼쳤다. "우선 너무 고마워요, 솔직하고 용 기 있는 고백 정말 멋지네요"라고 시작하는 편지였다. 몇 번 을 읽고 또 읽었다. 나의 마음이 그대로 전해졌던 거다. 세상 에 이것만큼 기쁜 일이 있을까? 세상을 다 얻은 기분이었다. 줄 수 있어 감사했다. 받을 수 있어 기뻤다.

손으로 마음을 전하는 일, 편지. 한 뼘만한 종이에 진심 을 꾹꾹 눌러 담는다. 한 번, 두 번, 세 번, 네 번. 썼다 지웠 다를 수도 없이 반복한다. 그래도 전혀 지겹지가 않다. 오 히려 설렘이다. 어떤 말로 첫인사를 건넬지, 어떤 표현을 써 야 내 마음의 온도가 고스란히 전해질지 고민하던 그 시간 이 그립다. 사각사각 굴러가는 펜의 소리, 한 글자 한 글자 눌러쓰는 그 떨림, 손편지가 주는 감동이다. 나를 많이 웃게 해 준 녀석, 다시 나를 웃게 해 줬으면 좋겠다.

매일매일이 손편지 쓰기 좋은 날이다.

7. 아이 러브 아이 I LOVE I

　　　　　　　　"사랑이, 억수로 귀엽다."

"볼때기 포동포동한 라둥이, 한 번만 안아 보면 좋겠다."

엄마와 나는 육아 프로그램을 즐겨 봤다. 그리고 좋아했다. 「아빠! 어디가?」의 윤후, 「슈퍼맨이 돌아왔다」의 추사랑, 「오 마이 베이비」의 라둥이라율, 라희 등 남의 애들을 보며 오두방정을 떨었다. 근데 어느 순간 아기들의 그 지독한 귀여움도 나를 붙잡지 못한다. 불편해지기 시작했다.

'내가 왜 나하고 아무런 관련도 없는, 어쩌면 허상인 저들의 육아를 보고 시간을 죽이고 있지? 거기에다 의미 없는 말까지 내뱉고 있고.'

나 스스로가 한심해 보였다. 영상 속 연예인들의 세계가 늘 그렇지 않은가. 지극히 비현실적이고 상업 논리에 기대어 편집한 내용이다. 그때부터 육아 프로그램의 이름만 들어도 진저리가 났다. 그러면서 나는 잡자석이 되어 이런저런 잡생각들을 마구 끌어당기기 시작했다.

아기를 좋아하지만 정작 내 아기는 없다. 근데 나와 일면식도 없는 아기에게 빠져 있다. 마치 이런 게 아닐까? 현실에서 나는 백 원 아끼려고 여기저기 비교하는 처지다. 근데 모 야구선수가 FA로 백억 이상을 받을지, 못 받을지 궁금해서 기사를 클릭하고 있다. 현실에서 나는 원룸에 산다. 그러면서 「구해줘! 홈즈」를 보며 '저 집 거실이 운동장만하네. 아일랜드 식탁이 예쁘네. 남향집이라 햇볕이 잘 들겠네' 하며 보고 앉아 있는 모양새다. 이는 내 밥상 위의 메추리알을 달걀조림으로 바꿔 주는 일이 아니다. 재미도, 의미도 없는 일이다. 근데 엄마가 최근에는 「용감한 솔로 육아―내가 키운다」「요즘 육아 금쪽같은 내 새끼」까지 찾아보고 있다. 그런 엄마가 한심스러워 보인다.

"남의 애들, 백날 보면 뭐하노? 쓸데없는 거 왜 보고 있노. 써먹을 것도 아닌데."

괜히 그 불똥을 엄마에게 튀우고 만다.

나는 어릴 때부터 어린아이들을 좋아했다. 아이가 보이면 그냥 지나치지 못했다. 서로 아는 사이라면 귀엽다고 머리를 쓰다듬거나 볼때기를 만져 주고 안아 주었다. 그리고 무엇보다 아이의 수준에 맞게 같이 잘 놀아 주었다. 그러니 아이들도 나를 좋아하고 잘 따랐다. 그럴 때마다 생각했다.

'지금은 너랑 놀아 주지만, 나중에는 너처럼 이쁜 나 닮은 아이를 낳아서 놀아 줄 거야.'

스무 살 초반일 때다. 5세와 6세의 연년생인 귀여운 자매가 있었다. 그 또래 아이들은 청정 1급수처럼 투명했다. 자신의 감정을 여과 없이 그대로 표현했다. 두 자매는 장난기 가득한 얼굴을 하고 나를 쳐다봤다. 눈이 마주치면 꺄르르 웃고 부끄러워했다. 그리고는 잽싸게 도망갔다. 그런 아이들이 마냥 귀여웠다.

하루는 아이들과 같이 밥을 먹을 일이 있었다. 아이들은 밥을 먹는 둥 마는 둥 했다. 나를 빤히 쳐다본다. 둘이 뭔가를 속삭이면서 낄낄대고 웃는다. 그리고 식탁 밑으로 숨는다. 다시 올라와서 나를 쳐다본다. 부끄러운지 또 숨기를 반복한다. 그 엄마로부터 놀라운 이야기를 듣는다. 집에서 밥을 먹다가 다짜고짜 아이들이 그랬단다.

"엄마! 나, 세영이 오빠 좋아. 나중에 저 오빠랑 결혼할 거야."

삼촌도 아니고 '오빠'다. 그냥 좋은 것도 아니고 '결혼할 거야'란다. 나도 잘 모르는 결혼을 조그만 애들이 뭘 안다고 저런 이야기를 하나 싶었다. 그래도 기분이 좋았다. 순수한 아이들의 눈에 나란 사람이 나쁘게 보이지 않았던 모양이다. 그 이후로 아이들과 더 친해졌다. 때론 집에서 공부도 봐주고 같이 놀았다. 사업으로 바쁜 엄마를 대신해 첫째의 초등학교 입학식에 참석해 사진도 찍어 주었다. 아이들이 나를 잘 따랐다. 나 또한 두 자매가 귀여웠다. 그 어머니도 나를 믿고 아이들을 맡겼다.

그렇다고 내가 모든 아이들을 좋아한 건 아니다. 내 눈에 귀여워야 했다. 아이들도 나를 잘 따라야만 했다. 그리고 남자아이들보다는 여자아이들을 더 좋아했다. 귀여운 여자아이들을 보면서 나중에 나도 이런 예쁜 딸이 있었으면 좋겠다라는 생각을 하곤 했다. 어떨 때는 진지함과 가벼운 마음으로 이 이름 저 이름을 끄적거리곤 했다. 어릴 땐 예쁜데 나이가 들어도 이질감이 없는 이름이 뭐가 있을까 하면서. 지금 생각하면 별 의미도 없는 일에 혼자 설레발치고 설레었다.

고슴도치도 제 새끼는 예쁘다. 고슴도치가 그러한데 인간은 오죽하겠는가? 빼어난 남의 자식 백 명보다 날 빼닮은 자녀 한 명이 더 소중하다. 어릴 때부터 '나중에 나도 내 아이를 안을 수 있겠지'라는 기대가 있었다. 추성훈 같은 세계적인 파이터는 될 수 없다. 반면에 나다운 딸바보는 될 수 있겠다고 생각했다. 하지만 남들 한창 연애하고 결혼하는 그 시기에 아파 버렸다. 그 '때'를 놓치고 다 보내 버렸다. 10년의 세월이 무심하게 지나가 버렸다. '43'이라는 숫자만 덩그러니 놓여 있다.

어릴 때는 '누구나' 아빠가 될 수 있다고 당연하게 생각했다. 1의 의심도 없었다. 근데 아니었다. '누구나' 아빠가 될 수 있겠지만, '아무나' 될 수 있는 게 아니었다. 넘어야 할 산이 한두 개가 아니었던 거다. 나는 뭘 몰랐던 거다.

이런 이야기를 꺼내는 건 단순히 아빠가 되지 못했기 때문만은 아니다. 우리 엄마에게 자식이라고는 아들 둘밖에 없다. 나라도 손주를 엄마 품에 안겨 드려야 하는데, 그러지 못했다. 죄송할 따름이다. 그런 나는 "봐줄 애도 없는데, 뭐 한다고 상관없는 남의 애들 육아하는 프로그램 보고 있냐"라고 타박했다. 도둑이 제 발 저린 거다. 괜히 혼자 찔려서 엄마 마음을 긁어댔다. 참 못난 놈이다.

이런 나를 애써 위안해 본다. 아이들이 어릴 땐 누구나 귀엽고 깜찍하다. 근데 점점 크면서 분명 나를 닮아갈 거다. 나의 주니어는 나보다 더 독한 골칫덩어리가 될 게 분명하다. 나라는 골칫덩어리는 한 명으로 족하다. 그 끔찍한 골칫덩어리를 어찌 감당할까? 어쩌면 나와 우리 그리고 이 사회를 위해 정말 다행이 아닐까?

8. 어떤 쓰레기도, 경험도 버릴 게 없다

"아, 진짜! 음식물 쓰레기 좀 싱크대에 놔두지 말고 바로바로 텃밭에 묻으라니까. 여기 물도 생기고 썩잖아? 냄새 장난 아니다 아이가? '악취 진동, 벌레 천국'이 따로 없다."

정말 테러가 따로 없다. 미간을 찌푸리게 한다. 손으로 코를 막든지 마스크를 써야 한다. 그러다가 어느 날 음식물 처리기를 선물로 받는다. 내 허벅지 높이에 덩치도 꽤나 크다.

'내 살기도 좁은데, 기계까지 들여놔야 되나?'

쓸데없이 자리만 차지하는 고철 덩어리 같다. 돌려보낼 생각으로 이모에게 전화한다.

"미생물이 음식물을 분해하고 소멸시켜 퇴비로 만들어 주는 거야. 냄새 안 나고 벌레 하나도 안 생겨. 사용해 본 사람들은 다들 좋다고 해. 잘 써 봐."

내가 하고 싶은 말은 한마디도 못하고 끊는다. 속는 셈치고 사용해 보았다. 뚜껑을 연다. 음식물을 넣는다. 뚜껑을 닫는다. 웬걸, 정말 냄새가 안 난다. 벌레도 안 생긴다. 깔끔 그 자체다. 누구 말대로 삶의 질이 수직 상승했다.

'미안하다. 음식물 처리기야. 너를 고철 쓰레기로 여겼구나. 내 생각이 진짜 쓰레기였어.'

쓰레기는 그 활용을 다하여 더 이상 쓸모가 없게 되면 버리는 거다. 근데 음식물 쓰레기가 쓸모 있는 퇴비로 바뀐다. 냄새나고 눈살 찌푸리게 하는 음식물 쓰레기도 활용이 된다. 그렇다면 우리가 살아가는 인생의 어떤 장면도 이와 같지 않을까? 물을 엎질렀는가? 이미 엎질러진 물이 아니다. 그 바닥을 살살 문지르고 닦아 깨끗하게 해 주는 하나의 매개체다.

10년 전이다. 서울 시립남부장애인복지관에서 사회복지사로 근무했다. 복지관에는 다양한 욕구를 가진 사람들이 온다. 사례관리팀의 팀원인 나는 이용자들의 욕구와 서비스를 연결해 주는 사람이었다. 그러려면 자원 확보는 물론, 다양한 복지 서비스에 대한 지속적인 공부가 필요했다. 선임인 팀장은 늘 강조했다. 우리 팀은 다른 팀보다 더 공부해야 한다고. 그렇게 '공부, 공부' 하면서 노래를 부르다가 결국엔 칼을 뽑는다.

"다음 주부터 스터디 시작!"

그런데 하필 퇴근 시간 이후다. 짜증이 솟구쳤다.

'아, 밀려 있는 업무를 해도 모자랄 판국에 무슨 스터디야. 피곤한 건 알았지만, 진짜 피곤하게 하네. 그리고 정 하려면 일과 시간에 하지. 남들 다 퇴근하고 이 무슨 짓이람. 하여튼 마음에 안 들어.'

딴지를 걸고 싶었다. 하지만 정작 한마디도 못했다. 차마 그럴 수 없었다. 술 마시자는 것도 아니고 공부하자는 것이기에. 다른 팀원도 나와 같은 심정이 아니었을까?

첫 주제는「국민기초생활보장법」, '법'이다. 표지에 적힌 제목부터 딱딱하다. 답답하다. 내용도 방대하다. 500페이지가 넘는다. 생소한 용어가 쏟아진다. '소득평가액' '소득환산액' 등. 이런데 한 번에 이해가 갈 리 없다. 배우면 배울수록 모르게 되는 이상한 경험을 한다. '이렇게 복잡하고 어려운데 내가 어떻게 알려 주겠어' 하는 생각과 먼저 싸워야했다. 그날의 스터디 내용을 김밥처럼 머리에 막 꾸겨 넣었다. 나름 분투하며 전날 배운 것을 다음 날 업무 시간에 더듬더듬 안내했다. 막히면 또다시 책을 들춰 보며 알려 드렸다. 그때까지만 해도 말 그대로 업무용이었다.

그러다 갑자기 몸이 아프면서 복지관을 그만두게 된다. 하루아침에 역할이 바뀐다. 서비스 공급자에서 서비스 이용자로. 적응이 안 된다. 아직 젊다는 생각에 도움을 받는다는 것이 어색하고 부끄러웠나 보다. 몇 달을 고민했다. 이러다가 아파서 죽기 전에 굶어서 죽겠다는 생각이 번쩍하고들었다. 그 즉시 주민센터의 문을 두드렸다.

국가는 나에게 새로운 이름을 부여했다. '근로무능력자'그리고 '기초생활수급자'로. 매달 40~50여만 원의 생계 급여와 희귀난치질환에 대한 의료 급여를 지원받는 자격을 얻게 된다. 누군가에게는 아주 귀여운 액수다. 반면 나에게는 생명의 동아줄과 같았다. 하루종일 땅을 파도 10원짜리하나 들고 집에 갈 수 없는 나였기에.

그러다 2018년도에 관악구로 전입하게 된다. 구청 담당자가 나에게 말했다.

"15일 이후에 전입신고를 하셨네요. 그래서 이번 달에는 생계 급여를 줄 수 없습니다."

이 말을 듣는 순간 어이가 없었다. '소급해서 다음 달에 준다는 것도 아니고, 아예 안 된다니…' 나는 당연히 소급하여 다음 달에 처리해 주는 걸로 알고 있었다. 내 말이 아니다. 규정에 기재되어 있다.

다. 거주지 변경 시의 급여[*]

○ 전입일이 15일 이전일 경우 : 신거주지의 보장기관 장이 지급

○ 전입일이 16일 이후일 경우 : 구거주지의 보장기관 장이 지급

담당자는 신규일 경우에만 해당된다고 했다. 순간 내가 잘못 알고 있는가 싶었다. 그래서 평소처럼 규정집을 펼쳐보았다. 다시 정확히 확인했다. 분명히 내가 틀리지 않았다.

[*] 『2023년 국민기초생활보장 사업안내』, 보건복지부, 2023년, 278p.

나는 곧장 보건복지부, 서울시청 담당자, 부산 사상구청 담당자를 포함해 총 8명에게 문의했다. 과연 그랬다. 보건복지부와 서울시청 담당자 이외에는 6명 모두 잘못 알고 있었다. 물론 충분히 이해한다. 제도의 범위가 얼마나 넓고 방대한가? 규정집은 표지 포함 555페이지에 달한다. 그리고 평소 사회복지공무원들의 업무가 과중하다는 것도 잘 안다. 매일 밥 먹듯 야근을 해도 줄어들지 않는 업무량에 힘들어한다. 규정집을 달달 외우고 있을 수도 없는 노릇이니 내가 이해해야 했다. 확인과 재확인의 결과로 다음 달에 소급해서 받을 수 있었다.

만약 내가 규정을 잘 모르거나 공무원의 말을 그대로 믿었다면 어땠을까? '아, 내가 그때 왜 전입 신고를 빨리하지 않았지'라고 나의 게으름을 자책하면서 그냥 포기했을 거다. 그랬다면 당연히 받아야 할 권리는 저 멀리 달아나 버렸을 거다. 스스로 차 버렸을 거다. 십수 년 전 학부에서 사회복지를 전공했다. 그리고 이용자에게 알려 주기 위해 업무용으로 잠깐 스터디를 했다. 그것도 퇴근 후에 공부한다고 투덜투덜댔다. 그마저도 이해가 잘 안 되니 머릿속에 욱여넣었다. 그때 내가 이렇게 직접 써먹을 거라고 생각이나 했겠나? 그때 심었던 씨앗이 지금 이렇게 열매를 가져다 줄 줄 누가 알았겠나?

사실 그전까지 나는 우울했다. 이제 아무것도 할 수 없다는 사실에. 그리고 그나마 있던 학력과 경력의 조각들마저 깡그리 소용없어졌다는 생각에. '이제 나는 무용無用한 사람이구나' 하고 생각했다. 그런데 아니었다. 그건 나를 좀먹는 생각이자 착각이었다. 인생은 억지로 했던 일도 언젠가는 도움이 된다. 숨을 쉬고 살아가는 그 어떤 1초의 짧은 순간도 버릴 게 없다. 더불어 버려지고 내팽개쳐질 인생도 없다. 심지어 그게 누구에게도 들키고 싶지 않은 부끄러운 실수라도, 시험과 면접에 수십 번 떨어진 실패의 경험이라도 보잘것없는 경험은 없다. 보잘것없다고 생각하는 생각이야말로 땅에 묻어야 할 쓰레기 중의 진짜 쓰레기다.

썩는 냄새가 진동하고 벌레가 꼬이는 음식물 쓰레기도 퇴비가 된다. 가치 있는 무언가로 바뀐다. 무용한 게 유용有用한 거다. 스스로 쓸모없다고 낙인만 찍지 말자. 훗날 분명 어딘가에 쓸모 있다고 각인시키자. 하찮은 인생은 하나도 없다. 하찮은 인생, 괜찮은 인생은 내가 만드는 것이다.

134

9. 당근마켓도 감당 못하는 중고重품가 있다

이런 사람 꼭 있다. 운전면허 기능 시험을 열 번도 넘게 떨어지는. 운전석에만 앉으면 긴장이 되는. 시동을 꺼트리는 건 기본이다. 기어 변속도 서툴다. 오늘도 5미터도 가지 못한다. 벨트를 풀고 내린다. 바지가 흘러내리는 것만 같다. 아, 저기 보이는 탄천으로 달려가 숨고 싶다.

이런 사람, 나란 사람. 어찌 이리도 지독한 기계치일까? 공간 지각 능력도 떨어지고. 그래도 인간치는 아니라 이제껏 근근이 살아왔다. 근데 그것도 아닌 모양이다. 인간 지각

능력도 떨어지나 보다.

10년 정도 친하게 지낸 동생이 있다. 나의 안타까운 현실을 늘 본인 일처럼 걱정해 주던. 괜찮다고 해도 늘 마스크 등 이것저것 챙겨 줬다. 가진 것 없는, 별 도움이 되지 않는 나에게. 2주에 한 번씩은 육아 휴가를 받아온다. 퇴근 후에 만나 저녁을 먹고 차를 마시곤 했다. 그리고 자주 통화를 했다.

이사 문제로 생긴 오해의 시작

합천으로 이사하기 전이다. 이사하지 않았으면 하는 눈치다. 나도 아쉽지만 친동생을 생각하면 최선의 선택이다. 서운해한다. 내가 다 결정하고 난 후에야 말해 준다고. 그리고는 문자를 보내온다. "사람은 화장실 가기 전과 후가 다르다." 문자를 보는 순간 뜬금없다는 생각이 든다. 물론 기분이 썩 좋지 않다. 그 후에 서로 한 달 정도 연락이 드문드문해진다. 그러다가 오해를 풀게 된다.

정말 무료하다. 예상은 했다. 읍내에 조그마한 영화관과 도서관이 있긴 하다. 이보다는 마음을 나눌 친구 하나 없다는 게 가장 힘들다. 한 달에 한 번 서울로 병원을 오가는 게 가장 큰 이벤트다. 그렇다고 뭘 거창하게 할 수 있는 몸도 아니긴 하다.

지역의 문제일까? 서울은 정신없다. 가만히 있어도 뭘 하는 착각이 든다. 반면 시골은 조용하다. 조용하다 못해 적막하다. 그래서일까? 때론 과거를 후회하고 자책한다. 아무것도 못하는 내가 답답하다. 무력감을 느낀다. 막막한 미래가 불안하다. 잠을 설친다. 먹는 것조차 귀찮다. 책을 읽거나 TV를 봐도 어떤 재미도, 의미도, 감동도 느끼지 못한다. 기분부전장애인지 우울함과 짜증이 극에 달한다. 별일 아닌 걸로 엄마에게 짜증을 내고 자주 싸운다.

어느 날 오후다.

"형, 여름에 합천으로 놀러 갈 건데 답사 좀 해 줘요."

나는 친절하게 인터넷으로 찾아보라고 했다.

"형이 거기 사니까 알아봐 줘요."

나의 상황을 말해 주었다.

"여기 지리도 잘 몰라. 답사하려면 차량도 있어야 하고. 지금 우리 집 앞마당 산책하는 것 말고는 아무것도 안 하고 있어."

구구절절 설명하는 것도 힘겹다. 그런데도 포기하지 않는다.

"아, 그래도 답사 좀 해 주면 안 돼요?"

'아…. 왜 이렇게 말귀를 못 알아들을까?'

말할 힘도 없다. 그리고 얼마 후다. 그 친구도 이사했다. 오래전부터 그랬다. 이사하면 집들이를 하겠다고. 나는 물었다.

"너거 집 이사했는데 한 번 놀러 가도 되나?"

"형이 있는 서울 집에서 우리 집까지 오려면 멀어서 형이 힘들 것 같아요. 와이프한테 물어볼게요."

그렇게 얼버무린다. 없는 살림에 선물도 준비하고 기다렸다. 김샜다. 그 후로 집들이 이야기는 쏙 들어가 버린다.

어떤 말은 마음을 불편하게 한다

나의 일을 언제나 본인의 일처럼 고민하고 들어 주었다. 더불어 대안도 제시해 주었다. 늘 고맙고 미안했다. 그런데 가끔은 의아한 말을 하곤 했다. 여느 때처럼 같이 저녁을 먹을 때다.

"지금은 내가 형에게 밥을 사지만, 내가 나이 들어 할 일이 없어 폐지를 줍거나 하면 나랑 우리 애들도 부양해 줘야 해요."

순간 나는 좀 당황되었다. 나는 그래도 웃으며 말했다.

"지금도 아파서 이 모양인데, 더 나이 들면 말해서 뭐하겠노."

농담인지, 진담인지 여전히 아리송하다.

아빠 장례식 때다. 관이 화장로로 들어간다.

"형은 안 슬프냐? 왜 안 우냐? 형 엄마도 울지를 않네."

잠시 후에 또 말을 꺼낸다.

"아니, 형! 그냥 삼일장 하라고 하니까. 그동안 못 만났던 사람들도 만나고, 홈커밍데이도 하면 좋았을 거 아니야?"

'내가 뭘 잘못 들었나' 하고 귀를 의심했다. 누군가에게 이 말을 하면 분명 "니가 잘못 들은 것 아니냐"라고 할 거다. 아니다. 옆 사람도 놀란 나머지 나를 쳐다본다. 자신이 방금 들은 단어가 '홈커밍데이'가 맞느냐는 표정으로. 내가 2년이 넘는 시간 동안 아빠를 어떻게 돌봐왔는지, 그리고 왜 3일간 장례를 치르지 못하는지 이유도 잘 안다. "내 몸도 안 좋고, 돈이 없어서 이렇게밖에 못하는 거 누구보다 잘 알지 않냐"라는 말이 목구멍까지 차올랐다. 어금니를 깨물며 참았다. 날이 날인만큼.

임상 시험 선별 검사 전이다.

"검사 결과가 낮게 나와야 대상자가 되는 거 맞죠? 그럼 얼굴이 희게 보여야 되겠네요."

뭔가 모르게 마음을 긁는 톤이다. 나의 얼굴이 빨개진다.

'무슨 개소리야? 평소에 걱정은 혼자 다 하는 것처럼 하더니. 얼굴이 희게 보이는 게 재밌는 모양이네.'

평소라면 얼굴을 보고 내려온다. 하지만 이번에는 아무런 연락 없이 그냥 합천으로 내려왔다. 그 후로는 얼굴을 안 보고 있다.

***

10년 된 중고中古 면도기가 있다. 하도 오래 사용해서인지 면도날 망이 다 해어졌다. 면도날 망이 일반 면도기 가격과 맞먹는다. 중고 면도기가 더 좋고 고가의 제품이다. 아쉽지만 좀 더 경제적인 일반 면도기를 구매한다. 새 면도기가 내 손에 들어온다. 좋은 중고는 기억에서 잊힌다.

인간관계, 이 중고重苦는 또 다르다. 오래되면 오래될수록 더 중고가 된다. 다 풀지 못하고 남아서 그르렁그르렁거리는 어린아이의 콧물처럼. 상대방과 어제까지 잘해 주고 서로 잘 지냈다. 그런데 내가 극히 싫어하는 걸 하면 한순간에 물거품이 된다. 지금까지 쏟아부었던 모든 시간, 마음, 에너지, 노력이. 이성이 아닌 동성 친구와 헤어져도 가슴에 무거운 돌덩이가 얹힌다. 밀려 나가지 않는다. 유리가 와장창 깨져 다시 이어 붙이지 못하는 황망함이다.

가깝고 오래된 관계일수록 더 조심하고 조심해야 하는 것을 배운다. 마치 갓 태어난 아기를 안듯이. 허물없는 사이일수록 더 배려해야 함을 배운다. 툭툭 내뱉는 말과 행동이 상대를 아프게 찌를 수 있다는 것을. 그러지 않으면 중고가 된다. 서로에게 더 중고가 된다. 이 중고는 당근마켓에서 사고팔지도 못한다. 그 누구도 감당하지 못하는 중고다.

10. 배구는 김연경, 인생은 김역경

　　　　　　　　　와그작와그작. 조금 늦은 점심을 먹을 때다. 눈은 TV를 향해 있다. 여자 배구가 중계된다. 배구 여제 김연경이 뛰는 경기다. 순간 저작 운동이 멈춘다. 돌을 씹은 게 아니다. 관중석의 응원용 플래카드 하나가 내 눈을 찌른다.

　"교회는 성경, 불교는 불경, 그리고 배구는 김연경."

　"우와."

　입이 다물어지지 않았다. 하마터면 밥알이 흘러내릴 뻔했다. 어떻게 이런 문구를 생각했을까? 압축의 예술이다. 교회는 성경이, 불교는 불경이, 배구는 김연경이 핵核이고

심心이다. 붕어빵의 팥이다. 알파와 오메가다. 처음이자 마지막이다. 이 '경'을 빼고는 이야기가 불가능하다. 그야말로 모든 것이다. 성경과 불경의 권위를 빌려 김연경이라는 선수의 존재감을 높이 치켜세워 줬다.

순간 나는 엉뚱한 생각을 했다. 나는 무슨 '경'이 없나 하고. 그런데 이건 더 엉뚱하다. 정말 거짓말같이 퍽 하고 떠오른다. 역경! 유교의 경전인 「역경易經」이 아니다. 역경逆境, '일이 순조롭지 않아 매우 어렵게 된 처지나 환경'을 말하는 그 역경이다. 그래! 배구는 '김연경'이라면 인생은 '김역경'이다.

누구나 하나쯤 있다. 절대로 깨고 싶지 않은 그 무언가.
새벽 댓바람부터 손을 호호 불며 가입한 연 10프로의 적금, 칼퇴하고 달려오겠노라 새끼손가락 걸고 한 일곱 살 아들과의 생일 약속, 달달한 초콜릿보다 더 달달한 10분만 더 자는 아침잠. 그런데 이상하다. 내가 바라는 바와 정반대로 흘러간다. 바로 인생이란 것이. '간절하게 원하면 온 우주가 나서서 도와준다'라는 개뼈다귀 같은 소리 누가 했는가? 깨고 싶지 않을수록 깨진다. 더 깨진다. 보이지 않는 무언가가 막다른 골목으로 밀쳐 넣는다. 애지중지하던 것들이 산산 조각난다. 울음도 길을 잃어버린다.

인생은 그런 게 아닐까? 잠에서 깨며 하루가 시작된다. 정자가 난자를 찢어야, 깨져야 생명이 움튼다. 양막¥膜이 깨져야 태아가 어둠에서 빛으로 나온다. 깨지면서 시작된다. 이 깨어짐은 극히 자연스러운 거다. 깨뜨리고 파괴하는 게 목적이 아니다. 깨뜨려진 것은 새로운 것을 만들어 낸다. 무언가가 깨져야 무언가를 깨우친다. 이거야말로 인생의 아이러니다.

중국 작가 위화의 장편소설 「인생」의 주인공인 푸구이. 그의 삶은 평범치 않다. 돈 있는 집에서 태어나 도박과 기생에 빠져 산다. 도박으로 집안은 망한다. 이대로 살면 안 된다고 깨친다. 삶은 그를 잔인하게 하나씩 깨뜨린다. 초등학교 5학년인 아들 유칭이 헌혈을 하다가 죽게 된다. 이는 시작에 불과했다. 딸 펑샤는 아이를 낳다가 죽는다. 딸이 죽은 지 석 달도 되기 전에 부인 자전도 숨진다. 이들 모두를 자신의 가슴에, 그리고 땅에 묻는다. 그러다 사위와 손자까

144

지 먼저 보내고 혼자 남게 된다. 이렇게 푸구이는 다섯 가족의 '죽음의 행렬'을 마주한다. 산산조각나고 해체되는 과정을 통과한다. 고통을 감내하고 살아간다는 것의 의미를 깨닫는다. 우리를 깨우친다.

푸구이는 허구의 인물이지만, 김역경은 실존 인물이다. 김역경, 그는 현재 '질병의 행렬'을 살아내고 있다. 많지도 않은 식구 4명 중 3명이 공식적인 중증환자다. 병원으로 따지면 소형 종합병원. 어디서도 한 번 못해 본 VIPVery Important Patient 가족이 된다. 기록으로 말하는 스포츠인 축구로는 해트 트릭, 농구로는 트리플 더블, 야구로는 사이클링 히트다. 자랑할 것도 아닌데, 이제는 당당하게 말한다. 그 역경이 경력이라고. 남은 절대 갖지도, 카피할 수 없는. 전국 수석까지는 아니어도 지방대 과수석 정도는 되지 않느냐고 한다. 정신없는 놈이다.

우리는 돈으로 살 수 있는 경험과 살 수 없는 경험을 한다. 나는 부자가 아니다. 나는 후자다. 정신병동의 문이 닫힌다. 동시에 자물쇠가 철컥한다. 동생의 그 눈빛과 표정이 잊히지 않는다. 스무 살에 부모가 이혼한다. 동생이 실종되기를 몇 차례, 다행히 매번 찾는다. 멀쩡한 내 집사실 여기서기 수리가 필요한 집을 두고도 찜질방에서 자야 했던 약 1년 6개월의 시간들, 아빠가 아예 걸을 수 없어 부산에서 서울까지 앰뷸런스로 이동한 경험, 피가 깨지면서 시작된 분만 수준의 복통 등. 누군가는 돈을 받아도 하기 싫은 경험들이다. 이 모든 경험은 깨지고 넘어지는 순간이었다. 내 몸이, 마음이, 가정이. 그와 동시에 깨치고 넘어서는 순간이었다. 나의 한계를 거스르고 거역하여 또 다른 나로 살아낸다. 또 다른 나를 만들어간다.

Scars into Stars.

'상처, 별이 된다'라는 말이다. 상처, 역경은 나를 만든 재료다. 어제의 상처와 역경이 오늘의 나를, 그리고 내일의 나로 지어져 간다. 이제 더 이상 상처를 숨기고 부정하지 않는다. 그건 나 자신과 인생 통째를 부정하는 것이다.

상처, 역경이 오히려 나를 빛나게 한다. 물론 이 빛은 그냥 빛이 아니다. 어둠을 통과한 빛, 어둠을 아는 빛이다. 마치 하늘을 수놓는 불꽃놀이처럼 어둠마저 배경이 되는 것과 같다. 그렇다고 내가 거창한 별이 노니는 드넓은 하늘과 어울린다는 말을 하는 게 결코 아니다. 그저 자그마한 방을 비추는 촛불 하나, 시린 손을 데워 주는 손난로 같은 존재만 되어도 감사한 일이다. 행여나 그게 아니어도 괜찮다. 배구가 김연경이면, 인생은 김역경이니까.

11. 세심細心하고 세심洗心하게 보면 보인다

인터넷 안 터진다. 속 터진다.
욕 터진다

바탕화면의 '네이버 웨일' 아이콘을 누른다. "인터넷에 연결되어 있지 않아요"라고 뜬다. 두 캐릭터가 놀라고 당황한다. 배경은 섬이다. 나도 당황스럽다. 시골은 맞는데 섬은 아니지 않은가? 대한민국에 아직 이런 곳이 있다니 놀랍다.

궁하다. 그래도 유일한 방법인 아이폰의 개인용 핫스팟을 이용한다. 안테나 네 개 중 겨우 하나가 뜬다. 그 하나 뜨는 것도 끊긴다. 일반 전화도 잘 안 터진다. 통화하는 도중에 툭 하고 끊긴다. 더 기가 막히는 건 비가 좀 오는 날은

TV 화면이 나가 버린다.

우리 집은 인터넷이 안 터진다. 전화도 안 터진다. 내 속만 터진다. 여기는 섬도 아니고 육지다. 욕지거리가 터진다.

교통, 고통이다

군대 버스가 아니다. 군내郡內 버스다. 평균 1시간 간격으로 운행된다. 읍내는 걸어가고 싶어도 갈 수 없다. 무조건 버스를 타야 한다. 버스로 쌩쌩 달려가면 정확히 20분이 걸린다. 집에서 버스정류장까지 30~40분은 걸어가야 한다.

11시 28분이다. 버스가 오려면 2분이 남았다. 정류장으로 가는 길이다. 근데 버스는 그냥 쌩 가버린다. 집으로 돌아가려면 걸어서 40분, 다음 버스를 기다리려면 2시간. 그 자리에서 바로 뒤돌아선다. 버스가 쌩 가버리고 나서 비가 억수같이 내린다. 바람도 세차게 분다. 머리에서 빗물이 눈물처럼 흘러내린다. 정말 울고 싶다. 우산이 있어도 소용없다. 쫄딱 맞는다.

서울에서 합천으로 가려면 아침 일찍부터 서둘러야 한다. 군내 버스 막차가 18시다. 서울은 18시면 시작이다. 합천은 18시가 통금이다. 1분도 기다려 주지 않는다. 어영부

영하다가 놓치면 얄짤없다. 택시를 타야 한다. 20분 거리에 2만 원이다. 나란 사람, 평소에 택시비를 제일 아까워한다. 몇 번 헌납했다. 세계적인 수준의 서울 지하철을 이용하던 몸이 시골의 버스를 타려니 너무 힘들다. 어전히 적응이 안 된다. 읍내는 물론, 시외도 다 불편하다. 나에게 교통은 고통이다.

벌레, 뱀 그리고 멧돼지

"지네가 자네!"

방구석에 서른마흔다섯 개의 다리를 가진 지네가 잔다. 자다가 도망가면 전기모기채로 덮는다. '타닥 타닥 타닥' 전기가 튄다. 벌, 모기, 파리, 날파리, 무당벌레 등 이름 모를 벌레들도 걸리면 죽는다. 전기모기채로 고문을 당하는지 모르고 들어온다.

벌레는 양반이다. 앞마당에 뱀이 스으윽 하고 지나간다. 엄마와 마주친다. 집 주변에 나프탈렌을 뿌렸다. 그래도 별 소용없다. 안 만나는 게 상책이라고 한다. 나는 멧돼지를 봤다. 10년 넘게 산 주민도 못 봤다고 하는. 한 마리도 아니고 무려 네 마리다. 새끼들이 줄지어 산속으로 들어간다. 돼지

꿈이면 로또를 사라고 하던데, 꿈이 아니다. 현실이다. 총으로 잡아야 한단다. 근데 나에게는 전기모기채 밖에 없다. 낮에도 밤에도 집 밖을 나가기 겁난다. 또 만날까 무섭다. 생각만 해도 아찔하다.

***

어찌 된 건지 좋은 게 하나도 없다. 낯설다. 불편하다. 짜증 난다. 화딱지 난다. 그렇다고 이제 거주지를 옮겨갈 수도 없다. 내가 상황에 맞춰야 한다. 순응해야 한다. 서울이 줄 수 없는 여기 합천만의 매력을 찾기 시작했다.

맑고 밝은 하늘과 공기가 천지다

마스크가 피부가 된 시대다. 우리 집 앞마당은 노 마스크 존no mask zone이다. 사면이 숲과 나무다. 24시간 맑은 산소가 온 에어on air 된다. 공기 하나는 요즘 말로 맛집이다. 흐리거나 비가 오지 않으면 하늘도 늘 푸르다. 별 볼 일 없는 동네인 줄 알았다. 근데 밤에는 별을 본다. 눈과 마음에 별이 쏟아진다는 황매산과 같은 하늘 아래 산다.

앞마당에서 텃밭을 일군다

흙은 발로 밟고만 살았다. 지금은 손으로 만지고 두드린다. 엄마는 고랑을 파고 씨앗을 심고 대를 세운다. 나는 물을 듬뿍 준다. 고추, 상추, 가지, 오이, 쪽파, 깻잎, 마늘, 양파, 피망, 쑥갓, 토마토 등을 수확한다. 오로지 귀동냥으로 하는 건데 곧잘 한다. 수확의 기쁨 때문인지 어스름 저녁에도 들어올 생각을 않는다. 이제껏 '돈'으로 사 왔다. 지금은 '손'으로 툭툭 따온다. 내 새끼 입에 들어가는 거라고 농약도 일절 쓰지 않는다. 1등 정성이다. 우리 엄마, 아들도 야채도 뭐든 잘 키운다. 텃밭에서 키우는 야채로 배부르게 먹는다. 돈이 굳는다.

무엇보다 동생이 만족해한다

가끔 동생에게 단답형으로 물어본다. 공동체 생활이 좋냐고. 만족하는 표정으로 좋다고 한다. 자연에서 친구들과 흙을 만지고 밟는다. 일하면서 땀을 흘린다. 그래서인지 먹기도 엄청 잘 먹는다.

동생 같은 장애인에게 문밖은 문전 박대하는 세상이다. 흡연 구역에서 뿜어대는 담배 연기처럼 이산화탄소 같은 편견과 시선은 불안하다. 불편하다. 불쾌하다. 여기에서는 그런 두려움이 크게 없다. 왜냐면 울창한 숲과 나무와 같은 이들이 이산화탄소를 싹 걷어가기 때문이다. 그러고 나면 맑은 공기를 선물 받는다. 때론 이들과 접시를 깨뜨리고 냄비를 태워 먹는다. 깨진 것을 금세 붙이고 지워가며 살아간다. 푸른 숲과 아낌없이 주는 나무를 닮아가려는 사람들과 지지고 볶고 산다.

* * *

나란 사람, 세상 세심細心한 세영이 아닌가? 세심洗心하게 바라보았다. 다르게 보인다. 매력이 보인다. 매력이 없는 게 아니었다. 나의 마음의생각의 렌즈에 먼지가 뿌옇게 쌓여 있었다.

삼장삼단三長三短. 인생이든 사람이든 장점이 있으면 단점이 있기 마련이다. 장단長短이 있어야 음악이 흥겹다. 인생도 지루하지 않다. 그래서 나는 이전보다 더 세심하게 그리고 세심하게 본다. 내가 미처 보지 못한, 발견하지 못한 장단이 어디서 튀어나올지 모르니까.

3장 〰〰 〰〰

오늘, 질문은 하나. 정답은 여러 개

1. 이뤄 가면 잃어 가고, 잃어 가면 이뤄 간다

　　　　　　　　　"올해도 몇 달 남지 않았네요.
당신은 올해 세웠던 계획을 얼마나 달성했나요?"

　　연말이 되려면 아직 넉 달이나 남았을 때다. 어느 리서치
회사로부터 위와 같은 설문을 받았다. 이는 매년 연말을 앞
두고서 으레 한 번씩 받게 되는 질문이다. 반대로 "당신은
올해는 얼마나 실패했나요? 혹은 뭔가를 잃으셨나요?"라는
질문을 받아 본 적이 있는가? 나는 없다. 왜 없었을까?

　　대부분의 사람은 생각한다. 인생은 뭔가를 이루고 얻어
가는 과정의 연속된 시간이라고. 나는 좀 다르게 생각한다.

얻으면 잃어 간다. 다들 그런 경험이 있지 않은가? A는 수차례의 도전 끝에 원하던 직장에 취업한다. B는 세상에서 둘도 없는 가장 멋진 사람과 5년을 연애하다 결혼에 골인한다. C는 예쁜 아이를 낳아 하루종일 같이 지낸다. 처음에는 다들 세상을 다 얻은 듯 기쁘다. 마치 하늘을 날아오르는 기분이다. 이 기쁨이 영원할 것만 같다.

그런데 이상하다. 난 분명히 얻었다. 직장을, 사랑을, 예쁜 아기를. 얼마 후, 처음 얻을 때의 그 기뻐 날뛰던 기분은 온데간데없다. 기쁘고 설레던 감정은 점점 옅어진다. 점점 잊힌다.

A: "이 거지 같은 팀장, 꼴 보기 싫어 죽겠네. 왜 나만 맨날 야근하는 거야?"

B: "이 사람, 내가 알던 사람이 아니야. 변했어. 왜 나만 집안일을 해야 돼? 돈은 지 혼자 벌어?"

C: "아, 애랑 이렇게 하루종일 집에 쳐박혀 있어야 하다니! 미숙이는 팀장 달고 해외 연수도 다녀왔다는데. 난 산후우울증에 경단녀로 썩는구나."

'확 퇴사해 버릴까?' '대판 싸워야 하나?' '길동아, 엄마 잠 좀 자자!'

기쁨을 주던 것들이 점점 스트레스와 고민거리를 안겨 주는 1등 요인이 된다. 누군가 이렇게 말할지도 모르겠다.

"무슨 소리냐? 나는 이것도 저것도 얻었다."

아니다. 우리가 걸어가는 인생길 자체가 잃어버리는 과정이다. 우리가 소유한 건 무엇이든 서서히 잃는다. 일순간에 잃을 수도 있다. 다만 잃는다는 건 나에게만 재수 없이 일어나는 독자적인 경험이 아니라는 거다. 누구에게나 일어나는 아주 당연하고 자연스러운 일이다. 또 다른 누군가 이렇게 말할지도 모르겠다.

"나는 정말 많이 잃어서 빈털터리가 되기 직전인데요. 어찌된 게 쟤는 그대로네요."

아니다. 아직일 뿐이다. 쟤도 당신처럼 반드시 잃게 될 것이다.

그렇다고 인생이 얻은 것을 잃기만 하는 게 아니다. 잃으면 얻어 간다.

2013년 4월에 동생을 잃어버렸다. 한마디로 실종 사건이다. 파출소에 실종 신고를 했다. 지하철 출입구 앞에서, 동네 시장에서 실종 전단지를 나눠 주었다. '사람을 찾는다'라는 플래카드를 걸고 하염없이 찾고 기다렸다. 3일째 되는 날 파출소에서 연락을 받았다. 얼굴을 다시 볼 수 있었다. 잃었다가 찾았다. 그 기쁨은 얻을 때의 기쁨과 비교할 수 없이 컸다.

건강. 건강할 때는 잘 모른다. 건강을 잃어 보면 알게 된다. 건강이 얼마나 소중한지를, 무엇과도 바꿀 수 없다는 것을. 아프면 보인다. 아픈 사람은 몸만 아픈 게 아니라는 것을. 상대방의 마음도 헤아리게 된다. 잃으면 감사한다. 내가 보고, 듣고, 말하고, 숨쉴 수 있다는 사실에. 걷고, 먹고, 만질 수 있다는 사실에. 더 잃지 않으려 아끼고 관리하게 된다.

사랑하는 가족반려견, 떠나보내고 나면 알게 된다. 그 빈자리가 얼마나 크고 그의 존재가 소중한지를. 죽을 만큼 보고 싶다. 한 번만이라도 그 얼굴과 손을 다시 만져 보고 싶다. 안아 보고 싶다. 목소리라도 한번 듣고 싶다. 다시 볼 수 없기에 사진으로 추억을 떠올린다. 애써 참았던 눈물이 뚝뚝 떨어진다. 애달프고 간절해진다. '있을 때 잘해라'는 말이 뼈에 사무친다.

이외에도 우리는 매 순간 잃어버린다. 떠나보낸다. 그리고 얻는다. 되찾는다.

머리를 감고 빗질할 때마다 머리카락이 한 움큼씩 빠진다. 가슴이 철렁한다. 심기도 어려운데 왜 이리 매정하게 나를 떠나는 건지. 떠나면 보인다. 잃고 나면 그 존재의 진가를 알게 된다. 다르게 보인다.

떠나보낸 시간은 어떤가? 죽도록 지겨웠던 학창 시절과 마치 감옥 같던 군 복무 시절, 그때를 떠나보냈다. 지금 나에게 없다. '그땐 그랬었지' 하며 추억한다. 보내고 나니 아름답다. 그리움이 남는다. 지금은 어떤가? 이 순간도 잃어간다. 멀어져 간다. 힘들고 아픈 지금 이 순간도 나중에는 그리워하고 돌아가고픈 아름다운 시절이 아닐까?

얻으면 잃고, 잃으면 얻는다.

어떤 인생이든 줄곧 얻기만 하는 사람은 없다. 동시에 주

160

구장창 잃는 사람도 없다. 인생의 모든 순간이 얻고 잃음의 연속이다. 중요한 건 얻으면 잃고, 잃으면 얻는 것을 아느냐 모르느냐다. 얻으면 감사하다. 그렇다고 늘 내 것이 아니다. 잃으면 아프다. 그렇다고 무조건 잃는 게 아니다. 그러니 얻었다고 우쭐해하지 말아야겠다. 잃었다고 우울해하지 않아야겠다.

2. 풀멍 하러 가지 않을래요?

　　　　　　"밟아도 뿌리 뻗는 잔디풀처럼 시들어도 다시 피는 무궁화처럼"

군가 「아리랑 겨레」의 첫 소절이다. 반사적으로 튀어나온다. 20년이 지난 지금도 푸른색 풀을 보면 절로 입이 오물오물한다. 노래는 정말 놀랍다. 손과 입 그리고 눈이 기억한다. 군 페이mil pay로 일당 천 원을 받으면서 풀을 뽑은 것도 기억한다.

우리 집도 사면이 풀草로 풀Full이다. 군 페이보다 못한 노 페이no pay다. 처음엔 무지 싫었다. 그런데 어쩌겠나? 나이 드신 엄마가 혼자 땡볕 아래서 땀을 뚝뚝 흘리고 있지 않은가? 나라 풀도 뽑는데, 나라도 엄마를 도와야 한다.

긴 바지와 티셔츠로 갈아입는다. 양말과 파란 장화를 신는다. 양손에는 빨간 목장갑을 낀다. 풀들과 마주한다. 이름 모를 풀들이 다종다양하다. 쭉 뻗었다. 키 작은 나를 무시한다. 활엽수처럼 넓게 잎을 펼쳤다. 내 머리카락처럼 자갈 사이로 뚫고 나온 것도 있다. 심지어 콘크리트도 뚫고 나와 있다. 참 대단하다. 엄마는 호미와 곡괭이로 하나씩 꼼꼼하게 뽑는 유형이다. 나는 손이나 삽으로 뿌리까지 뽑아야 하는 유형이다. 손으로 섬세하게, 삽으로 거칠게 풀들을 다룬다.

낚시 마니아들은 침묵을 견딘다고 한다. 그 동력은 바로 손맛이라고. 한 마리도 못 잡고 집에 와도 그 손맛에 낚싯줄을 던진다고 한다. 이 느낌이 바로 그 느낌이 아닐까? 뿌리까지 쑤욱 하고 뽑혀 올라온다. 오랜만에 손맛이 느껴진다. 중간에 끊기지 않는다. 열에 일고여덟 번은 손맛을 본다. 어떤 오락보다 재밌다. 쾌감이 장난 아니다. 노 페이에 시불시불하던 입도 스마일이 된다. 나라 풀 뽑을 땐 재미가 없었다. 내 풀 뽑을 땐 사람이 달라진다. 열정 페이에도 열정적이 된다. 사람 참 간사하다. 아니 내가 그렇다는 말이다.

흔히들 새벽 명상이 스트레스 감소와 집중력에 좋다고 한다. 이런 기분이 아닐까 싶다. 혼자 땅에 쭈그리고 앉았다. 풀때기를 잡고 뽑는다. 몸은 좀 힘들다. 그런데 잡생각, 잡소리, 잡job 걱정이 다 뽑혀 나간다. 희한하다. 잡초를 뽑았을 뿐인데, 잡것들이 떨쳐진다는 사실이.

이건 또 뭔가? 풀들의 생명력에 놀란다. 분명 뿌리까지 쏙, 싹 하고 뽑았다. 그런데 며칠만 지나면 그 자리에 또 올라온다. 비가 오면 더 쑥쑥 자란다. 무성해진다. '뽑을 수 있으면 뽑아 봐라. 죽어도 끈질기게 올라오겠다'라고 놀리는 것만 같다. 좀 쉬려고 했더니 이것들이 잠자던 나의 전투력을 상승시킨다. '아, 이놈의 잡것들! 누가 이기는지 한번 해 보자'라며 흙 묻은 장갑에 손가락을 끝까지 밀어 넣는다. 박수 세 번을 치고 두 주먹을 불끈 쥔다. 그 순간부터 그들의 생명력과 나의 인내력 대결이 시작된다.

점점 시간이 지나가면 나는 갈수록 지쳐간다. 그러면서 깨닫는다. 내가 이들의 생명력을 절대 이길 수 없다는 것을. 애초부터 이길 수 있는 게임이 아니었다. 왜냐면 얘들은 뽑고 뽑아도 계속 올라오기 때문이다. 하나 뽑으면 두세 개, 아니 그 이상으로 올라온다. 불사초不死草다. 무엇보다 뚫고 올라오는 그 생명력에 지치지 않는 게 중요하다. 뽑기 좋은 시기가 되면 천천히 뽑아 주기만 하면 된다. 삽으로 땅을 헤집어도 소용없다. 뿌리를 뽑아도 끈질기게 다시 올라온다. 내가 이것들을 무슨 수로 이기겠나? 다만 끈질긴 생명을 이어가는 특성을 배워 갈 뿐이다. 그리고 반성한다. 그동안 나는 겨우 한 번 실패했을 뿐인데, 도중에 얼마나 쉽게 포기했는가? 또 실패하면 어쩌나 하는 두려움 때문에 시도조차 안 하고 겁 먹고 도망갔던 일이 얼마나 많았던가?

내가 이들을 뽑아내는 건 단순한 잡초 제거가 아니다. 죽이는 것도 아니다. 그럼 뭐냐? 상생 모드다. 새로운 풀을 뽑아내는 거다. 새로운 생명을 싹 틔우게 돕는 헬퍼다. 동시에 잡초는 뽑히는 희생으로 나를 돕는다. 잡생각을 떨쳐 버리게 하는 하나의 치료제다. 부작용이 없다. 돈도 안 든다. 초록색이 눈의 피로와 인생의 피로까지 풀어 준다.

여기저기서 풀멍이 주는 치유의 힘을 누리고 있다고 한

다. 정말 이제는 불멍의 시대가 가고 풀멍의 시대가 온 듯
하다. 이참에 다들 풀이 무성한 산으로, 숲으로 풀멍 하러
가지 않으실래요?

3. 알몸에서 수의까지

　　　　　가끔 「하트시그널」「돌싱글
즈」와 같은 연애 프로그램을 본다. 남녀 간의 사랑 이야기
만큼 흥미로운 게 없다. 이성의 마음을 훔치기 위한 보이지
않는 손이 보인다. 피가 튀긴다. 그야말로 전쟁터다. 더 독
하게, 더 독특하게 몸부림친다.

　　그도 그렇지만 나는 출연자들의 얼굴 표정이나 자세를
자세히 본다. 거기서 새로운 사실 하나를 발견한다. 출연자
들 대부분이 초반에만 잠깐 어색해 한다는 거다. 정말 아주
잠시. 그러다 금세 적응한다. 마치 자신의 안방인 듯, 카메

라가 없는 듯 평소처럼 아주 자연스럽다. 프로 방송인처럼.
분명 이 프로그램의 출연자들은 비방송인이다. 카메라 샤
워를 받는 것에 익숙한 방송인들이 아니다. 그럼에도 여유
로움이 묻어난다. 그 순간을 마음껏 즐기는 것처럼 보인다.
무엇이 그들을 여유롭다 못해 이렇게 자신감 있고 당당하
게 만드는 걸까?

　나는 반쯤 결론을 내렸다. 그 자신감은 그들이 입고 있는
옷에서 흘러넘쳐 나온다고. 그들이 몸에 걸치고 나온 디올,
샤넬, 구찌, 프라다 등과 같은 그런 옷을 말하는 게 아니다.
그들이 평소 밥을 벌어먹고 있는 이름표, 한마디로 경제력
의 척도인 직업을 말하는 거다. 그들의 면면을 보자. 조물주
위에 건물주, 외국계 은행 과장, 스타트업 CEO, 사업가, 의
사, 변호사, 대기업 연구원, 교사, 공무원, 엔지니어, 일류대
대학생 등 하나같이 모두가 선망하는 직업들이다.
　직업을 공개하는 순간은 최종 커플을 선택하는 순간만
큼 초미의 관심사다. 내가 그렇다는 게 아니다. 본인과 별
상관없는 시청자들이 난리다. 소셜 미디어와 각종 인터넷
게시판에 도배된다. 말 그대로 떠들썩하다. 오히려 출연자

168

들은 대체로 차분하다. 하지만 그 어느 때보다 눈은 반짝거린다. 시간이 멈춘 듯 숨죽인다. 첫인상은 그다지 관심을 끌지 못했다. 외모도 그럭저럭, 말투도 별로였다. 한마디로 내스타일이 아니었다. 그런데 상대가 매력적인 옷을 입은 사람으로 밝혀진다. 호감도가 백배 상승하는 순간이다. 그 즉시 눈에서 비늘이 벗겨진다. 그 벗겨진 눈으로 상대를 바라보기 시작한다. 그 옷을 입은 사람은 마치 '나, 이런 사람이야. 이제 알겠어?' 하는 듯한 표정을 지으며 웃는다.

어떤 시대, 어떤 사회든 옷은 사회적 지위와 신분으로 통한다. 교복은 학생, 하얀 가운은 의사, 유니폼을 입고 응원을 받으면 운동선수, 검은색 바탕에 법원 상징 문양의 법복은 판사, 소방복은 소방관, 군복은 군인이다. 옷으로 그 사람을 대번 알 수 있다.

안데르센 동화 「벌거벗은 임금님」에서 아이가 외친다.
"벗었어요!"
나는 응급실에서 수혈을 받고 있었다. 투명한 링거줄을 통해 피가 한 방울씩 '뚝, 뚝, 뚝' 하고 떨어진다. 그 피가 몸

속으로 들어간다. 갑자기 못으로 '꾹, 꾹, 꾹' 하고 찌르는 느낌이 든다. 처음에 분명 'O형'이라고 적힌 것을 두 눈으로 확인했다. 그런데 지금은 'B형'이라고 적혀 있는 게 아닌가? 어찌된 일일까? 다급하게 간호사를 부른다. 대답이 없다. 줄을 뜯어내 버렸다. 그제야 아이의 외침은 잦아든다. 식은땀에 옷이 흠뻑 젖었다. 아휴, 다행이다. 꿈이다.

나도 모르게 이 외침에 움츠러든 적이 있었다. 초월했다고 생각했는데 아니었다. 벗었다는 생각에서 벗어나지 못했다. 여전히 갇혀 있었다. 나를 멋지게 포장해 주고 대변해 주는 옷이 없었기 때문이다.

당신은 혹시 '버스데이 슈트birthday suit'의 뜻을 아는가?

생일날 입는 옷? 비슷하다. 근데 엄밀히 말하면 생일날에 매번 입는 옷은 아니다. 정확히 말하면 세상에 태어난 아기가 처음으로 입는 옷이다. 색은 좀 다르지만 디자인은 동일한 옷, 바로 우리 모두가 입고 나온 '알몸'이다.

여기서 자연스러운 질문 하나가 생긴다. 태어날 때 입는 옷이 알몸이라면 죽을 때 입는 옷은 무엇일까? '그레이브클로즈graveclothes'와 '슈라우드shroud'다. 그레이브클로즈는 '수의壽衣'다. 슈라우드는 '뒤덮다, 감추다'라는 의미다. 당신

170

은 이 두 단어를 보고 어떤 느낌이 드는가? 나는 일단 그레이브클로즈는 매우 직관적으로 다가온다. 반면 슈라우드는 의미가 심장하다. 이 두 단어가 나에게 이렇게 말해 주는 것 같다.

"당신이 세상 그 어떤 매혹적인 옷을 입었다고 하자. 나는 당신네 인생들처럼 비늘이 벗겨지지 않아. 그 반대가 된다고 해도 말이야. 호들갑 떨지 않는다는 거지. 나는 어제도 그랬고, 오늘도 그러고, 내일도 그럴 거야. 누구의 얼굴도, 그가 평생 달고 다녔던 이름표도 보지 않아. 그냥 인정사정없이 그대로 입히고 덮어 버려. 왜냐? 나는 인생들을 그러한 눈으로 보고 대하지 않거든. 내 앞에 누워 있는 이 인생이 부했든, 가난했든, 착했든, 못됐든 그건 하나도 중요하지 않아. 전혀 상관없어. 한 명도 예외 없지. 너네들이 세상으로 여행 오던 첫날, 모두가 똑같은 알몸을 입었잖아. 세상과 이별하는 마지막 날도 똑같아. 첫날에 똑같은 옷을 입혔던 것처럼 마지막에도 똑같이 입히는 거야. 한 사람도 예외 없어. 깡그리 '0^{zero}'으로 만드는 게 내 임무거든. 그게 인생이기도 하고."

당신도 나처럼 벗고 있는가? 아니면 누군가를 사로잡을 만한 옷이 없는가? 그래서 '쿡, 쿡, 쿡' 찔리는가? '옷'이 '못'이 되어 '쿡, 쿡, 쿡' 찔러대도 너무 아파하지 말자. 더 이상 남몰래 '뚝, 뚝, 뚝' 눈물 흘리지 말자. 왜냐? 아무것도 안 보이는 어두컴컴한 인생도, 화려한 무대 위에서 핀 조명을 받는 인생도 한 명도 예외 없이 모두가 '알몸'에서 '수의'까지니까.

4. 그 '0'의 순간이 오기 전에

　　　　　　　　'헉헉! 숨을 제대로 쉴 수가
없어.'

　"이 간호사, 빨리 수액 안 달고 뭐해! 환자 깨어나면 확
인하고 바로 병실로 옮겨."

　운동장에서 달리다 온 게 아니다. 맹장 수술 후에 깨어난
거다. 호흡이 가쁘다. 마취도 덜 깼는지 정신이 없다. 의료
진들도 정신이 없다. 맨정신이라도 못 알아들을 약품 용어
다. 더 못 알아듣겠다. 그리고 내 이름을 물어본다. 정신은
없어도 이름은 기억나나 보다.

　'아, 그 이름 맞다. 병원 등록번호도 맞다.'

힘이 없어 맞다고 고개를 끄덕끄덕한다. 머리가 아프다. 아니 전신이 내 몸이 아닌 것 같다. 또다시 마취가 되는 모양이다. 내 의지와 상관없이 눈꺼풀이 스르르 닫힌다. 그렇게 잠들다가 다시 깨어났다. 병실 같았다.

아까보다 정신은 돌아온 듯했다. 근데 이상하다. 고개가 안 움직인다. 팔도, 다리도, 손가락 하나도 까딱할 수가 없다. '이거 수술 잘못된 거 아니야?'라는 생각이 번쩍 든다. 눈동자만 좌우로 굴러갈 뿐이다. 최대한 위아래로 굴려서 상황을 파악해 봤다. 이름 모를 수액 대여섯 개가 눈물을 흘리듯 뚝뚝 떨어진다.

왜 그랬는지 몰랐다. 의사도, 간호사도, 아무도 알려 주지 않았다. 한참 후에야 알았다. 패혈증 때문이었다. 환우회장의 말이다.

"그나마 병원에서 발견되어 즉각적인 항생제 투여가 가능했을 거야. 만약 병원 외부에서 발견됐다면 우리 같은 혈액질환자는 순식간에 감염이 돼. 그러면 이송 도중에 사망할 수도 있었을 거야."

많이 놀랐다. 간단한 맹장 수술인데 패혈증이 오리라고는 전혀 생각지 못했다.

이처럼 우리는 때때로 죽음의 그림자를 본다. 그런데 정신없이 살다 보면 나와 상관없는 일로 여긴다. 아직 어리다, 젊다, 건강하다는 이유로. 하지만 죽음은 엄연히 존재한다. 그리고 우리의 생각보다 훨씬 가까이에 있다. 아니 어쩌면 딱 붙어 있다. 샴쌍둥이처럼. 다만 우리가 관심 밖으로 밀어내고 직면하는 것을 꺼릴 뿐이다.

돈, 섹스, 권력. 이 세 가지는 더 자주, 더 많이, 더 빨리 갖고 싶은 그 무언가다. 우리의 모든 날, 모든 순간의 관심 일순위다. 남보다 더 가지려고 모든 자원과 에너지를 들이붓는다. 그게 안 되면 타인을 짓밟고 빼앗는다. 심지어 죽이기도 한다. 왜? 그래야 내가 산다. 남들이 나를 부러워한다. 우쭐해질 기회가 생긴다. 무엇보다 남보다 내가 우위에 선다. 이는 모든 인생이 도달하고픈, 달달한 꿀이 발려진 목적지Goal다.

마치 우리는 그 골을 넣기 위해 달려가는 축구 선수 같다. '나'라는 공격수는 오늘도 골대를 향해 신나게 달려간다. 근데 생각처럼 골을 넣는 게 쉬운 일이 아니다. 실력도 실력이지만 상대 진영의 골키퍼가 보통 선수가 아니다. 근골筋骨을 강하게 한다는 사슴의 뿔인 녹용을 드셨는지 지치지도 않는다. 쉬는 꼴을 한 번도 본 적이 없다. 늙지도 않는다. 은퇴할 생각도 없어 보인다. 늘 전성기다. 심지어 죽지도 않는다. 352골을 기록한 축구의 신 마라도나도 이 선수를 제치고 골을 넣지 못한다. 그 앞에서는 꼼짝없이 멈춰서야 한다. 무릎을 꿇어야 한다. 급기야 태클에 막혀 돌아가신다. 골을 넣으려다가 도리어 먹혀 버린 것이다. 도대체 이 야신 같은 대단한 선수는 누구냐? 누구냐고? 그 선수의 백넘버는 0번. 이름은 '죽음'이다.

이 0번 선수는 말한다.

"너희가 뭔가를 성취하면 그 성취와 너 자신을 동일시하지. 반대로 이루지 못한 이들은 그들과 너 자신을 늘 비교하지. 걱정 마! 늘 그랬듯이 누구도 절대 골을 넣지 못해. 왜냐? 나 0번 선수는 야신 골키퍼야. 그 모든 걸 먹어 버리지. 그 찬란한, 그리고 끔찍한 삶이 계속되는 것처럼 보이지? 아니야. 모든 삶은 죽어가고 있어. 마치 너희들이 손에서 놓지 않는 휴대폰의 배터리처럼 말이야. 100, 99, 98 … 45에서 44 … 3, 2, 1. 결국 0이 되면 화면이 꺼져 버릴 거야. 그럼 너도 꺼져야 해."

우리는 지금도 그 '0'의 순간을 향해 걸어가고 있다. 때로는 타인의 '0'의 순간에서 그 그림자를 잠시나마 희미하게 본다. 그럴 때면 덜컥 겁이 난다. 하지만 얼마 지나지 않아 또 관심에서 멀어진다. 왜냐면 일단 재미가 없다. 무섭다. 께름칙하다. 하루하루 밥 먹고 살기도 바쁘다. 피곤하다. 아직은 먼 훗날의 일로 여겨진다. 많이 알아봤자 쓸모없어 보인다. 결정적으로 골을 넣는 데는 별 도움이 안 된다.

우리의 '0'의 그 순간은 아직 오지 않았다. 그러나 반드시 찾아온다. 오늘도 조용히 문을 두드린다. 똑, 똑, 똑.

우리의 관심을 애타게 기다리고 있다.

"나에게 관심을 가져 주세요. 내가 당신의 문을 부수는 날에는 이미 늦어 버려요."

죽음은 마치 지킬과 하이드 같다. 지킬은 슬쩍슬쩍 자신을 알려준다. 그게 비록 그림자의 형태이기는 하지만…. 그때 하이드Mr. Hyde는 숨어hide 있다. 문제는 일관성이 전혀 없다는 거다. A에게는 5년, B에게는 20년, C에게는 33년, D에게는 75년, E에게는 100년을 넘게 숨어 지낸다.

그러다 갑자기 나타난다. 조용히, 살며시 다가온다. 그리고는 사정없이 문을 쳐부수고 들어온다. 놀랄 새도 없다. 그땐 끝이다.

5. 해 보니 알겠더라, 그림자 노동

'따란따란 딴딴딴.'

오전 8시 30분. 휴대폰 알람이 울려댄다. 달콤한 꿈나라 여행을 방해하는 소리다. 어젯밤 폰을 어디 뒀더라. 더듬더듬 찾는다. 사정없이 '다시 알림' 버튼을 누른다. 여기저기 열댓 번은 누른다.

"아, 5분만 더."

다시 이불을 머리끝까지 덮는다. 정확히 '9분' 후에 다시 귓전을 때린다. '등더리'가 바닥에 철썩 들러붙어 떨어지지 않는다. 천근만근이다. 몸을 이겨내야 한다. 잠을 깨려고 물 한 잔을 마신다.

어젯밤 만땅으로 충전해 놓은 청소기

머리카락과 벌레 사체들이 전우애로 뭉쳐 있다. 안 들키려고 숨어 있는 놈도 있다. 방바닥은 춥다. 따듯한 곳에서 자라고 모터 소리로 깨운다. 여기저기, 구석구석, 꼼꼼하게 쓱쓱 밀어준다. 그냥은 재미없다. 지루하다. 「That That」을 부른 싸이의 "준비하시고 (Go) 쏘세요 (Oh)" 리듬에 맞춰 힘차게 밀고 당긴다.

반짝반짝 눈이 부신 바닥은 필수

물걸레 로봇청소기가 간절하다. 현실은 주머니가 노머니no money다. 맞다! 나에게는 서울특별시 관악구 봉천동 엘마트에서 구입한 밀대와 걸레가 있다. 하마터면 우리 집 걸레에게 결례를 범할 뻔! 네가 있어 바닥을 헤엄치듯 걸레질하지 않아도 된다. 그것만으로도 족하다. 우리 형편에 이걸로도 충분하다. 단순노동은 지겹고 힘들다. 이때도 BGM이 빠질 수 없다.

'우리 집이 이렇게 넓었어? 청소할 때는 왜 이리 넓은지 모르겠다.'

복잡한 빨래 공식들

"양말 좀 여기저기 아무 데나 던져 놓지 마라. 바지 주머니에 종이 좀 확인해라. 젖은 수건은 말려 놔라. 수건과 일반 옷은 섞어 놓지 마라."

세탁도 그냥 세제만 넣는다고 끝나는 게 아니더라. 수건은 따로, 헹굼에 섬유유연제는 쥐약이다. 다른 빨래의 이물질이나 세균이 올에 들러붙을 수 있단다. 그래서 식초를 사용한다. 안 그러면 2년의 수명壽命도 못 채우고 발걸레가 될 수 있다나. 빨래는 세탁, 건조 그리고 빨래 개기의 3단계로 완성된다.

싱크대가 넓으면 좋을 텐데

주부들이 왜 '주방, 싱크대가 넓었으면' 하고 노래를 부르는 줄 알겠다. 음식을 만들 때 싱크대가 좁으면 할 맛이 안 난다. 음식 맛도 안 난다. 이쁜 인테리어는 부차적이다.

깡촌이라 배달도, 외식도 어렵다. 짜장면도 직접 만들어 먹는다. 유튜브 앱을 켠다. 감자 1개, 양파 1개, 양배추 1/4개, 파 적당히, 다진 고기, 짜장 가루 한 컵, 물 1/2컵을 준비한다. 유튜버는 너무 쉽게 만든다. 나는 수도 없이 멈춤-재생-멈춤-재생-되돌려 재생한다. 7분 정도의 영상인데, 왜 이리 오래 걸리는지⋯. 그래도 어찌어찌 흉내를 낸다. 다행히 먹을 만하다. 사리면을 넣어 짜장면을, 밥을 넣어 짜장밥으로. 헌데 식탁과 싱크대는 난장판이다. 이건 NG다.

저녁 후 조금 거지(?) 같은 시간

하루 세끼의 흔적을 지워야 한다. 아침과 점심에는 담가 놓는다. 점심에 난장판이 되면 중간에 한 번은 해 줘야 한다. 그래야 저녁이 편하다. 하루 두 번 정도의 설거지. 별거 아닌 것 같은데 미루고 또 미룬다. 5분도 안 되었는데 허리가 슬슬 아파 온다. 그래도 아빠는 절대 안 온다. 쇼파에 누워 TV만 본다. 잔여 세제가 없도록 뽀득뽀득 문지른다. 아무리 먹을 게 없어도 세제는 안 먹는다.

그림자 노동자도 노동자다

심한 욕을 먹는 건 다반사요, 자존심 따위는 버려야 하는 회사 노동. 가족을 먹여 살린다는 이유 하나만으로 신성한 영역으로 간주된다. 반면 그림자 노동인 집안일은 푸대접을 받는다. 때론 무시 받는다. 일상의 편안함을 더하는 역할 정도로 여긴다. 아니다. 얼마나 지겹고 지치는지 모른다. 지루하고 힘들다. 해도 해도 끝이 없다.

직장인만 때려치우고 싶은 게 아니다. 주부도 때려치우고 싶다. 그런 마음이 하루에도 골백번 든다. 직장인만 사표를 넣었다 뺐다 하는 게 아니다. 주부도 세면대에 얼굴을 담갔다 뺐다 한다. 그런 심정으로 하루하루를 버틴다. 그러는 이유는 단 한 가지다. 좋은 엄마, 좋은 주부라는 칭찬을 받기 위함이 아니다. 오로지 내 가족이 학교에서, 회사에서 어깨 쫙 펴고 다니게 하려고 대신 웅크리는 것이다.

이제야 엄마의 고충을 조금 알 것 같다. 평생 어떻게 해왔을까? 그 흔한 교대 업무도, 주5일제도, 휴일도, 방학도 없었는데 말이다. 집에 있다고 놀고 있는 게 아니다. 얼마나 할 게 많은지, 애써도 표가 안 난다. 시작은 있는데 끝은 없다. 매일매일 반복이다. 알아주는 이 하나 없다. 심지어 돈도 안 된다.

해 보니 알겠다. 그림자 노동.

6. 마침표는 내가 찍는 게 아니다

　　　　　　　　"아, 요즘에 TV 더럽게 볼 게
없네."

　리모컨을 잡고 채널을 위아래로 돌린다. '전신에' 정신없
이 먹어대는 먹방, 연예인들 사생활 훔쳐보기. 다 그렇고 그
런 것뿐이다. 전원 버튼을 누르려던 찰나다. 「강석우의 종
점 여행」의 '종점'이라는 단어가 눈길을 끈다. 프로그램명
에 OK 버튼을 누르고 그대로 앉는다. 배우 강석우가 버스
를 타고 어느 시골 종점에 내린다. 그곳 사람들과 만나 두
런두런 이야기를 주고받는 프로그램인 모양이다. 프로그
램이 끝나갈 무렵이다. 강석우 씨가 떠나려고 한다. 그때

비가 오기 시작한다. 가랑비와 이슬비를 언급한다. 예화가 흥미롭다.

사위가 처가에 왔다. 한 달 넘게 밥만 축낸다. 집에 갈 생각이 없어 보인다. 장모는 가라는 소리도 못하고 끙끙 앓는다. 비가 조금씩 내리기 시작한다. 이때다.

"여보게. 이 서방! 이제 집에 가라고 가랑비가 내리네."

장모 말이 끝나기 무섭다.

"장모님, 더 있으라고 이슬비가 내리는데요."

가랑비가 내리니까 가라는 장모. 이건 가랑비가 아니다. 이슬비라고 하며 계속 있겠다는 사위. 사위의 뻔뻔함과 재치가 돋보인다.

예화를 조금만 비틀어 보자.

"이 서방, 이슬비가 내리네. 집에 가지 말고 더 있게나."

사위는 말한다.

"이 비는 이제 집에 가라고 내리는 가랑비 같은데요. 장모님, 저 이제 갈게요."

그 뻔뻔하고 재치 넘치던 사위는 어디로 갔나? 온데간데없다.

마른하늘에 갑자기 비가 내린다. 누구에게나. 때론 피할 수 없다. 하지만 시간이 지나가면 이 비도 지나간다. 지금 내리는 비는 이슬비다. 가랑비는 인생에 단 한 번 내린다. 내 마음대로 가랑비로 해석하면 안 된다. 내 마음대로 가 버리면 안 된다. 어찌 되었든 무조건 버티고 남아 있어야 한다.

인생은 하나의 거대한 문장이다. 그 문장은 다양한 문장부호로 채워진다.

'출생'이라는 대괄호([)가 열린다. 세상 모든 게 처음으로 보고, 듣고, 말하는 거다. 신기하다. 그런 나에게 감탄한다. 타인에게 감동한다. 여기는 느낌표(!)의 세상이다. 좀 철이 든다. 그러다 보면 내 주장을 강하게 내세운다(" "). 그때 나보다 강한 놈이 나타난다. '어휴, 실력이 장난 아닌데?' 하는 마음으로 되뇐다(' '). 어디 그뿐인가? '내가 왜 태어났는지'에 대한 예리한 질문(?)을 던져 본다. '나에게 왜 이런 일이 일어나는가'라는 질문(?)도 떠나지 않는다. 이렇게 힘들고 지칠 때는 쉼표(,)가 필요하다. 말할 힘조차 없다. 이런 날엔 말줄임표(……)도 좋다. 그러다 어느 날 쿵

하고 '죽음'의 마침표(.)가 찍힌다. 대괄호(])가 닫힌다. 나와는 상의 한마디도 없이 인생이 닫힌다.

여는 대괄호를 내가 선택할 순 없었다. 마침표와 닫는 대괄호 또한 마찬가지다. 우리가 찍을 수도 없고, 찍어서는 안 된다. 우리의 역할은 인생을 살아가는 거다. 그마저도 벅차다면 살아내야 한다. 우리는 문장 안에서 큰따옴표, 작은따옴표, 물음표, 쉼표, 줄임표 등을 자유자재로 연주하는 연주자다. 그러다 보면 가랑비가 내린다. 마침표가 찍히고 대괄호가 닫힌다. 출생과 죽음의 시기와 방법은 애초부터 우리의 영역이나 역할이 아니다. 그 사이의 인생은 최선을 다해 살아야 한다.

"무슨 개소리야? 나는 밥도 굶고 있어."

"잠도 못 자고 어떻게 준비한 시험인데, 1점 차이로 떨어졌어요."

"나만한 인재가 어딨다고! 그놈의 면접관들, 감히 나를 떨어뜨려?"

"올해도 승진에서 아쉽게 밀렸어요."

"잘나가던 사업이 하루아침에 망했어요."

"어느 날 갑자기 나도 아프고 가족도 아파요."

"10년 동안 사귄 연인과 헤어졌어요."

"날 배신한 남편과 이혼하고 오는 길이에요."

"당장 오늘 먹을 라면도 하나 없어요."

"아침에 눈을 뜨는 것조차도 괴로워요. 죽을 것처럼 힘들어요."

"마음이 갈기갈기 찢어지듯이 아파요."

"머리가 터질 것 같고 한숨도 안 나올 정도로 숨이 턱턱 막혀요. 이제는 누구에게 털어놓을 힘조차도 없네요."

"앞으로 살아갈 날이 막막해요. 지금보다 나아질 기미가 안 보이는데 어떡하죠?"

"여기가 무슨 터널인지 캄캄하고 아무것도 안 보여요."

"이 괴로움을 잊으려고 눈을 감아도 잠이 안 와요. 이게 매일 반복되다 보니 미치겠어요."

다들 누군가를 붙잡고 이렇게 항변하고 소리치고 싶을 지도 모르겠다.

개그우먼 이영자가 한 식당을 찾는다. 그곳에서 만난 손님과 합석해 대화를 나눈다. 대화 도중 건강에 대한 이야기가 나온다. 그러자 한 손님은 일찍 세상을 떠난 자신의 어머니에 대해 이야기를 꺼낸다. 이영자 씨는 본인 어머니의 치매 투병을 털어놓으며 손님을 위로한다.

"내가 연예인이라 남보다 많이 버는 편이니까 감당하지. 보통 직장인이면 아들 둘 딸 하나가 케어해야 한다. 집안에 환자가 한 명 있으니 보호자가 세 명 있어야 하더라."

집에 환자 한 명이 있다. 우울 정도가 아니다. 우중충해진다. 살맛, 그런 건 사전에나 있는 단어다. 우리 집은 4명 중 3명이었다. 지금도 여전히 2명의 환자가 버젓이 살아 있다. 나는 매일 가랑비로 샤워를 하는 기분이다. '내가 가버리고 나면 어찌 될까' 하고 생각해 봤다. 남아 있을 가족이 눈에 밟혔다. 특히 엄마가 아픈 동생과 어떤 마음으로 살아갈지를 헤아려 보니 암담했다. 내가 먼저 간다고 해서 그 짐을 다 짊어지고 가는 게 아니다. 남은 가족에게 더 큰 짐을 안겨 주게 된다. 나는 생각했다.

'평생 힘이 못 되었다. 짐은 남겨 주지 말자. 매일 다투고 얼굴을 붉히더라도 지지고 볶고 함께 살아가자.'

이런저런 문제로 힘들면 주위 사람들에게 도움을 요청

하자. 정서적으로 힘들면 전문가나 가장 믿을 만한 사람을 찾아가자. 경제적으로 힘들다면 일단 무조건 주민센터를 찾아가자. 체면 차리지 말고 무조건 도움을 요청하자. 그러라고 공무원들이 존재한다. 물론 온전히 만족할 순 없다. 그래도 생각보다 대한민국 사회안전망이 잘 갖춰져 있는 편이다.

누가 그러더라. 아무리 힘들어도 내 맘대로 생명의 건전지는 빼지 말라고.

7. 임산부석을 비우자

"입덧과 더위 때문에 힘들었는데, 자리를 양보해 주셔서 눈물이 핑 돌게 감사하네요."

"내가 임산부인 줄 알면서도 빤히 쳐다보더라고요. 하마터면 욕이 튀어나올 뻔했다니까요."

한 남성이 임산부 배려석에 앉아 있다. 정작 임산부는 그 앞에 힘겹게 서 있다. 이 남자는 끝까지 자리를 비켜 주지 않는다. 거기에다 서 있는 임산부를 몰래 찍기까지 한다. 이 사진을 각종 커뮤니티에 올린다. 자리를 비켜 주지 않은 게 뿌듯한 모양이다.

"안 비켜줘. XXX아! X져."

지하철에는 다른 좌석과 구분되는 좌석이 있다. 바로 '임산부 배려석'이다. 임산부를 배려하자는 취지로 2013년부터 도입되었다. 10년이 되어간다. 그런데도 여전히 임산부들은 배려를 못 받는다. 임산부 배지를 보고도 멀뚱멀뚱 쳐다보는 사람, 여기 앉고 싶냐고 물어보는 사람, 임산부에게 양보하라고 하는 사람에게 쌍욕하는 사람 등 인터넷 게시판 여기저기서 속상한 경험들을 나눈다. 배려석이 되려 '배려 갈등'의 온상이 되고 있다. 안타깝다.

최근 아내들이 남편들에게 임산부 체험복을 입힌다고 한다. 체험복은 최소 6킬로에서 10킬로 정도. 쌀 10킬로 정도를 어깨에 짊어진 셈이다. 체험한 남편들의 반응은 한결같다.

"옷을 입기도 어렵다. 혼자 바닥에 앉기도 힘들다. 조금만 움직여도 힘이 든다. 큰 가방을 메고 있는 느낌이다. 앞에 떨어진 물건 하나를 집는 것도 어렵다. 허리가 끊어질 듯 아프다. 숨이 찬데 마스크까지 하니까 더 숨차다. 똑바로

192

누우면 허리가 눌린다. 옆으로 겨우 누워서 잔다. 혼자 일어나지도 못해서 누가 일으켜 줘야 한다. 뒤에서 누가 어깨를 밑으로 잡아 내리는 느낌이다. 일상적인 건데 이렇게 힘든 줄 몰랐다. 모든 여성, 엄마, 아내가 대단하고 존경스럽다는 생각이 든다."

　모 남성 기자도 임산부 체험복을 입었다. 그리고 일상을 보냈다. 그 후 검사를 했다. 검사 결과는 놀라웠다. 근육 피로도가 3배 정도 증가했다. 이는 운동선수들이 고강도로 운동한 다음 날의 피로도와 맞먹을 정도라고 한다. 놀랐다. 이러니 신체 건강한 남자들도 임산부 체험을 마치면 힘들어서 드러눕는다. 그런 모습을 보는 부인들의 반응은 한결같다.

　"이제라도 내 고충을 알게 된 것 같아 좋다. 살맛 난다."

　꺄르르 웃는다. 물개 박수를 친다. 그간의 임신과 육아 스트레스가 풀릴 정도라고 한다. 만족도가 꽤 높았다. 유경험자들은 하나같이 강력 추천한다. 생애 한 번은 반드시 입혀 보라고.

　배려석에 임산부가 아닌 사람들이 앉아 있다. 피곤해서

잠깐 앉았다면 일어나면 된다. 엉덩이가 무거운지 그대로 앉아 있다. 몸이 무거운 임산부는 그걸 보면 마음도 무거워지게 된다. 누군가는 먼저 앉는 사람이 임자라고 한다. 그런데 분명 구분해 놓았다. 여기에는 그럴 만한 이유가 있지 않을까?

내 생각은 이렇다. 임산부는 돈 같은 피를 쓴다. 피를 쓴다? 정자와 난자가 만나 수정란이 착상하면 임신이 된다. 수정 후 4주 후에 자궁벽에 붙어 있던 태아가 분리된다. 그러면서 탯줄과 태반이 생긴다. 이 탯줄을 통해 태아에게 영양을 전달해 준다. 거기다가 혈액까지 공급해 준다. 그러다 보면 산모는 혈액이 부족해진다. 그때 빈혈貧血이 생긴다. 피가 없어 가난한 상태, 부족한 상태가 된다.

보통 혈색소 정상 수치는 성인 남성이 13 이상, 성인 여성이 12 이상, 임산부가 11 이상이다. 이 기준 미만을 빈혈로 간주한다. 여기서 임산부는 2명 중 1명꼴로 철결핍성 빈혈을 경험한다. 그러면 허약감과 피로를 쉬이 느끼게 된다. 지속되면 조산과 유산의 위험성이 증가한다. 더 심각해지면 산모가 사망에 이를 수 있다고 한다.

194

"야! 너 임산부야? 산부인과 의사야? 아니면 서울교통공사 직원이라도 돼? 니가 뭔데, 빈혈이 어쩌고저쩌고 자리를 양보하라 마라야!"

나는 임산부도, 산부인과 의사도 아니다. 서울교통공사 직원은 더더욱 아니다.

"그런데 왜 니가 임산부와 임산부석에 대해 그리 관심이 많아?"

앞서 성인 남성은 13 이상이 정상 수치라고 했다. 나는 지난 10년간 제일 낮게는 5, 보통은 7~9의 수치로 살아왔다. 빈혈로 야기되는 그 극심한 몸의 피로가 뭔지 안다. 그 때는 체면이고 뭐고 길바닥이라도 그냥 눕고 싶은 그 마음을 누구보다도 잘 안다. 그래서 아무리 죽을 것같이 피곤해도 손에 짐이 아무리 많아도 임산부석은 쳐다도 안 본다. 왜냐면 저들은 지금 '돈 같은 피'를 쓰면서 2인분의 삶을 만들어가고 있기 때문이다.

임산부의 배에서 태어나지 않은 사람은 아무도 없다. 누군가의 배려로 나도, 당신도 여기에 서 있다. 조금 힘들어도 저들을 배려하면 좋겠다는 이야기다. '배려석', 이 친구가 이름값 한다는 말이 여기저기서 들려오면 참 좋겠다! 배려하는 높은 시민의식에 눈물이 핑 돈다는 기사가 포털을 도배하는 날이 오면 참 좋겠다!

P. S. 일부 보건소와 산부인과 그리고 지자체에서 임산부 체험복을 대여해 준다. 인터넷으로 5만 원 내외왕복 배송비 1만 원 포함로 2박 3일을 대여할 수 있다.

8. 아픔의 아픔과 슬픔

아프냐?

나도 아프다.

너는 내 수하이기 전에 누이동생이나 다름없다.

날 아프게 하지 마라.

2003년이다. 벌써 스무 해 전이다. 당시 다모 폐인을 양산한 드라마 「다모」의 대사다. 이 짧은 대사 하나가 뭇 여성들의 마음을 사로잡았다. 나도 아프다는 건, 아픈 너를 내가 바라보고 있다는 거다. 내가 너 대신 아파해 줄 수 없다는 그 사실, 그 현실에 마음이 갈기갈기 찢어지듯 아프다는 의

미일 거다.

아픈 자녀를 바라보는 부모의 마음이 이와 같지 않을까? 부모에게 자녀는 또 다른 나다. 대신 아파해 주고 싶어도 그러지 못하는 고통, 미안함, 안쓰러움, 안타까움 등이 뒤섞인 마음일 테다.

나는 부모가 아니다. 그러기에 그 마음을 온전히 헤아리지 못한다. 가닿지 못한다. 하지만 나의 또 다른 나로 여겨지는 동생과 아빠, 그들의 아픔으로 그 심경을 헤아려 본다. 동생은 30년 동안 정신장애인으로 살아왔다. 아빠는 치매 파킨슨병으로 시작해 물조차 삼키지 못했다. 합병증으로 아파하며 생을 마감했다. 이들을 보며 내가 대신 아파해 주지 못하는 아픔의 아픔과 슬픔을 느꼈다. 지금 이 순간도 느낀다. 여전히 느끼며 살 것 같다. 그 아픔을 내 피부로, 내 삶으로 껴안고 가듯이 말이다.

만약 심한 몸살감기에 걸렸다고 하자.
"환절기에 옷을 얇게 입고 외출했어. 몸이 으슬으슬 춥기 시작했어. 그러더니 기침도 콜록콜록하더라. 병원에서 처방해 준 약을 먹었어. 그런데도 열이 40도까지 올라가는 거야. 오한도 오고 머리가 깨질 듯이 아프고 죽겠더라. 다음 날 겨우 다른 병원에 갔어. 새로운 약을 처방받아 먹었어. 그렇게 아팠는데 하루 만에 낫더라. 진작에 여기로 갔으면 고생은 안 했을 텐데. 처음에 갔던 병원 의사는 돌팔이인가 봐. XX의원이야. 여기 절대로 가지 마. 엄마가 옆에서 나 돌본다고 한숨도 못 주무셨어. 내가 다 낫고 나니까 이제 엄마가 시름시름 아프려고 하는 것 있지."

얼마나 심하게 아프고 힘들었는지, 그런 나를 알아달라고 하듯 침을 튀겨가며 이야기한다. '아프다는 느낌'보다 '아픔을 산다'는 말이 더 와닿는다.

누군가 "아파, 죽겠어"라고 말한다. 듣는 사람은 그가 어디가 얼마나 어떻게 아픈지 도저히 가늠할 수 없다. 어릴수록, 중병일수록 해 줄 수 있는 게 많지 않다. 그저 지켜보고만 있어야 한다. "그래. 어디가 어떻게 아파?"라는 말밖에 해 줄 게 없다. 아니면 "물이라도 좀 마실래?" 하고 물어보는 정도다. 좀 더 신경써 준다면 의사 선생님을 부르거나 병원에 데리고 가는 정도다. 이렇게 누군가 아픈 걸 보고 있는 것도 고통이다. 그냥 차라리 내가 대신 아파해 주는 게 마음이 더 편하겠다는 생각이 든다. 내 몸이 아파서 느끼는 고통보다 아픈 걸 지켜보는 게 더 큰 아픔이자 고통이기 때문이다. 안타까움이 묻어난다.

우리는 몸살감기부터 비염, 당뇨, 불면증, 백내장, 관절염, 골다공증, 암 등 수많은 질병과 함께 살아간다. 만약 나의 질병이나 아픔을 파는 게 가능하다면, 즉 누군가가 나의 질병과 아픔을 사서 대신 아파해 줄 수 있다면 팔려고 하는 사람이 있을까? 반대로 그걸 사려고 하는 사람이 있을까?

[대신 아파 드립니다]
감기 시간당 5만 원, 콧물이 나오면 3만 원 추가, 열은 죽지 않을 정도의 40도까지라면 시간당 5만 원, 그 이상은 생명 수당 포함 10만 원.
김XX. 010-1***-2***

물론 윤리적으로 말이 안 된다. 현실적으로 불가능하다. 우리 마음이 그러고픈 이야기다. 소설 속에서나 있을 법한 이야기다. 아이는 아프다고 표현도 못한다. 부모님은 너무 고통스러워 신음한다. 친구는 차라리 죽었으면 좋겠다고 운다. 우리는 아무것도 해 주지 못한다. 철저한 무력감을 느낀다. 이럴 때 고통과 아픔을 팔고 싶은 마음이 절실해진다. 설령 아픔과 고통을 사고팔지 못한다 해도 엉뚱한 상상마저 가로막지는 않아도 좋을 듯하다.

나의 사랑스런 아이가 운다, 아파서. 평생 고생만 해 온 엄마 아빠가 힘겹게 참아낸다, 고통을. 그들의 눈물과 고통이 나의 마음을 사정없이 때린다, 후벼판다. 나도 그들만큼 아프다. 그런데 그 아픔이 줄어들지도, 나누어지지도 않는다. 그들의 인생과 내 인생이 별개이듯 그들의 아픔과 나의 아픔도 별개라는 이 냉혹한 현실, 이를 인정하고 받아들여야 마음이 덜 아픈 현실이 슬프다. 이를 부정하면 할수록 우리를 철저히 무력하게 만들고 더 큰 절망의 생채기를 남긴다. 그저 지켜볼 수밖에, 애태울 수밖에, 발을 동동 굴릴 수밖에 없게 하는 그 무언가.

이 또한 나만의 시간과 공간에서 철저히 홀로 감내해야 한다. 아픔과 친하다고 해서 봐주는 게 아니다. 한 번 아팠다고 해서 다음에 덜 아픈 게 아니다. 익숙해질 법한데 고통스러운 건 매한가지다. 어제의 아픔이 오늘의 나를 아프게 한다. 그래서 슬프다. 오늘의 아픔이 내일의 나를 아프게 할 것 같다. 그래서 더 서글프다.

한 사람이 다른 사람의 아픔에 대해 생각한다는 것은 진정한 사랑의 표시다. 왜냐하면 그 사람 역시 아파하는 한 명의 가여운 사람이기 때문이다.

- 레이 몽크의 『비트겐슈타인 평전』 중에서

9. Let it be, 내버려 둬라

"희망을 버리지 마. 절대 희망을 놓치지 마. 그러다 보면 반드시 좋은 날이 올 거야."

남들 다 있는 변변한 직장 하나 없다. 결혼도 못하고 있다. 거기에다 희한한 병명으로 아프기까지. 이런 내가 안타까운 모양이다. 세상 가장 인자하고 온화한 표정으로 위로한다. 그럼 나는 "아, 그럼요. 누구보다도 잘 알죠. 지금도 그렇게 살고 있어요"라고 한다.

인생을 더 잘 안다고 생각하는 어른인 모양이다. 나에게 한마디 건넨다. 그는 나를, 나는 그를 서로 잘 모른다. 몇 번 보지도 않았다. 도움이 된다고 생각하는 걸까?

'희망? 당신이 나였다면 10분 아니 1분도 못 살았을 걸.'

그야말로 병든 위로다.

상대방이 어떤 심정으로 살아왔는지, 또 살아가는지를 모르면 입을 다물어야 한다. 그건 잠들어 있는 괴물을 그 선의의 꼬챙이로 막 찌르며 깨우는 행위다. 제발 내버려 두시라.

"What would you do, if you're in my shoes?네가 내 입장이라면 어떻게 할 거야?"

정말 궁금했다. 엄청 고민하다가 물어봤다. 물론 영어가 아닌 우리말로. 쌈박한 답변을 기대했다. 상대는 얼버무린다. 기껏 용기를 내서 물었는데, '노답'이라니.

'내 인생 정말 노답인가?'

위의 문장은 마치 이렇게 말하는 것 같다.

"내 신발 한 번 봐봐요. 그리고 여기 들어와 봐요. 비가 장난 아니게 왔어요. 바람도 정신없이 불었고요. 완전히 다 젖어 버렸어요. 꿉꿉하고 찝찝해 죽겠어요. 이제 어떻게 해야 할지 잘 모르겠어요."

중요한 건 다들 자신의 '슈즈shoes'가 젖어 있고 찢어져 있다는 것이다. 내 슈즈 하나 챙기는 것도 벅차다. 한가하게 남의 슈즈를 돌아볼 여유가 없다.

나의 슈즈는 어땠나? 앞에서 얘기했지만, 부모님 사이가 계속 안 좋았다. 결국 이혼을 했다. 동생도, 나도 아프기 시작했다. 이때까지는 어찌어찌 버틸 만했다. 아니 어떻게든 버텨야 했다. 목발을 짚고 겨우 걸을 정도였다. 그런데 건강하던 아빠마저 아프게 된다. 누군가 그 목발을 뺏어서 강에 던져 버리는 기분이 들었다. 그 자리에 푹 주저앉았다. 울음조차 나오지 않았다. 나의 들숨과 날숨 소리가 귓전과 가슴을 때렸다. 아니 내 삶을 다시 두드려 팼다. 그렇다고 어쩔 수 있나.

조금씩 정신을 차렸다. 일단 받아들였다. 나를 내버려 두었다. 상황을 내버려 두었다. 힘들면 힘든 대로, 눈물 나면 눈물이 나는 대로. 그 시간을 버텼다. 고통을 그대로 받아들이고 느꼈다. 나는 똑똑하지 않다. 그래서인지 내가 뭘 특별히 할 수 있는 게 없었다. 내 앞의 문제들을 뒤집을 만한 능력이 없었다. 그저 그 시간을 버티는 것 말고는. 내 의지와 상관없이 터져 버리는 폭탄이다. 인생의 연약함을 확인할 뿐이었다. 그것 말고는 없었다.

마치 교통사고 같다. '나라는 자동차'와 '사건이라는 자동차'가 충돌한 것이다. 아무리 좋은 외제차도 대형 사고가 난다. 에어백이 터진다. 불이 난다. 정신이 하나도 없다. '내 차 어떻게 해?' 하면서 머물러 있으면 안 된다. 정신부터 차리고 빨리 빠져나가야 한다. 관건은 얼마나 재빨리 빠져나오느냐다. 그래야 몸과 마음을 덜 다친다. 후유증도 덜 수 있다. 내가 좀 괜찮다면 옆 사람을 돌볼 수 있다. 내가 할 수 있는 것, 아무리 발버둥 쳐도 되지 않는 것을 파악할 수 있다. 그러면 시간은 흐른다. 조금씩 몸과 마음의 여유가 생겨난다.

약 50년 전에 나온 노래다. 비틀즈의 「렛 잇 비 Let it be」. 설명이 필요 없는 곡이다. 간략하게 서두만 옮겨 본다.

When I find myself in times of trouble 내가 힘든 시간을 보내고 있을 때

Mother Mary comes to me 어머니 메리께서 내게 오셔서

Speaking words of wisdom 지혜의 말씀을 해 주셨네

let it be 그냥 내버려 두라

And in my hour of darkness 내가 암흑 속에 있을 때

She is standing in front of me 그녀는 바로 내 앞에 서서

Speaking words of wisdom 지혜의 말씀을 해 주셨네

let it be 그냥 내버려 두라

렛 잇 비let it be, 세 단어다. 단어는 짧다. 그 의미는 짧지 않다. 평범하지만 비범하다. 문제가 태산같이 보이는가? 일단 그냥 내버려 둬라. 순리順理에 맡겨라. 아프면 아픈 대로, 슬프면 슬픈 대로 그냥 떠나보내라. 시간이 흐르는 대로. 간섭하지 말고 그냥 둬라. 그러면 차차 제자리를 찾게 된다고.

한마디로 나는 이렇게 들린다.

"문제여, 내가 널 건드리지 않을게. 너도 나를 건드리지 말아 줘."

4장 〰〰 〰〰

내일, 즐겁고 가볍게. 때론 진지하게

1. 불편한 질문은 돈을 받습니다

'걱정 유료화'

그동안 무상으로 제공되었던 제 걱정은 올해부터 유료
화되었습니다. 저를 위하는 마음, 그대로 담아 감사히
돈으로 받겠습니다.

MENU 미혼 직장인 버전

연봉은 얼마나 받니? .... 십만 원

너희 회사는 상여금도 없니? ·············· 이십만 원

그 회사 계속 다닐 거니? ·················· 삼십만 원

돈은 얼마나 모아 놨니? ·················· 오십만 원

니 나이면 이제 결혼해야지? ·············· 백만 원

라떼는 말이야~. ······················· 백만 원

전 메뉴 선불입니다. 외상/할부/카드 안 됨.*

인터넷 쇼핑몰에서 발견한 신박한 제품이다. 티셔츠 앞면은 '걱정 유료화'를 알린다. 뒷면은 메뉴판MENU이다. 이런 질문을 하면 돈을 받겠다는 것이다.

묻는 사람은 질문이다. 하지만 듣는 사람은 잔소리다. 아니 개소리다. 이는 상대에게 아무런 도움이 안 된다. 마음만 긁어댄다. 이런 사람들이 얼마나 많으면 이런 제품들이 판매될까? '그런 당신하고는 말도 섞기 싫다' '이런 말 하고

---

* smartstore.naver.com/tnshop_/products/6211710936

싶으면 티셔츠에 적힌 그대로 돈 내고 하라'는 거다. 이건 미혼 직장인 버전이다. 참고로 학생 버전, 대학생 및 취준생 버전, 기혼자 버전도 따로 있다.

누구의 아이디어인지 정말 최고다. 감탄했다. 듣고만 있어야 했던 이들의 지긋지긋하고 피곤한 마음이 엿보인다. 글로 대신한 일갈이 아닐까?

"자기 할 말만 하는 자여! 그딴 말에 대꾸하는 것도 입이 아프다. 한글은 읽을 줄 알지? 제대로 읽어 봐라. 한글만 말고 이 티셔츠를 입을 수밖에 없었던 나의 마음이 어땠는지를. 이제 그 입을 열기 전에 지갑부터 열어라! 그럼 얼마든지 들어 줄게."

코로나로 명절 기간에 5인 이상 집합 금지를 해야 할 때였다. 며느리, 대학생, 취업 준비생들이 잠시라도 해방된 마음에 만세를 외치고 손뼉을 쳤다고 한다. 오죽하면 그랬을까? 그들이 속 시원히 내뱉고 싶었던 마음의 소리가 아닐까?

"요즘 몸은 어때? 괜찮아?" "요즘 뭐하고 지내냐?"

사람들이 나에게 자주 묻는 질문이다. 즉 FAQ다. 정말 고맙다. 본인 살기도 바쁜데 나를 걱정해 준다. 안부를 묻는 다. 누군가는 토시 하나 안 틀리고 똑같이 묻는다. 그런데 이상하다. 듣는 사람은 기분이 나쁘다. 누구보다 상황을 잘 아는 사람이기 때문이다. 어떤 톤으로 말하느냐에 따라 듣 는 사람의 기분이 달라진다. 대답이 달라진다.

정말 궁금해서 묻는 말투가 아니다. '나 요즘 돈 좀 버는 데, 너는 어떻냐'라는 비아냥을 담은 뉘앙스다. 나는 '수십 억을 버는 것도 아니면서 꼴사납다'라고 답한다. 당연히 마 음의 소리로. 이때 내 얼굴은 거울을 안 봐도 비디오다. 당 황한 나머지 초점을 잃어버린 두 눈동자, 불그스레 달아오 른 두 뺨과 귓불, 욕이라도 해야 할 것 같다. 일발 장전된 욕 이 언제라도 튀어나올 태세다. 영화 「범죄도시」에서 배우 마동석의 시원한 일갈을 전해 주고 싶지만, 나는 배우가 아 니다. 그리고 평소 그런 욕을 하지도 않는다. 많이 배우지 못했지만, 그래도 교양서적을 읽는 남자다. 그저 내 입만 더 러워진다.

그냥 '바이러스 같은 놈'으로 명명하겠다. 요즘 전 세계 인이 혐오하는 코로나바이러스 말이다. 그래야 속이 시원할 것 같다. 상대를 안 하는 게 상책이다. '니가 나한테 이랬니 저랬니' 하면서 감정 소모할 필요가 없다. 코로나바이러스가 마음에 안 든다고 해서 말싸움, 몸싸움할 것은 아니지 않은가? 바이러스와 엮이지 않으려면 다들 알 듯 아주 간단하다. KF-94 마스크를 쓰면 된다. 손도 잘 씻으면 된다. 그러면 세균의 99퍼센트 이상이 떨어져 나간다. 마찬가지다. 그 사람도 피할 수 없다면 마스크를 쓰면 된다. 입을 차단하고 절대적으로 필요한 말만 하면 된다. 요즘 말로 손절하면 된다. 단, 상대가 절대 눈치채지 못하게, 아무렇지 않게. 이래저래 득이 될 게 하나도 없다. 안 그래도 피곤한 인생에 짐 하나 플러스할 필요가 없다.

지금은 '그런 말, 제발 하지 마세요'라고 입으로 말하는 시대가 아니다. 티셔츠로 말을 한다. 부모 말도 귓등으로 듣는 요즘이다. "웃느라 한 말에 초상난다"-농담으로 한 말이 듣는 사람에게 치명적인 영향을 주어 마침내 죽게 한다는 뜻-라는 속담을 들먹일 필요도 없다. 그건 기본 중의 기본이다. 나도 상대방에게 '너, 입에 걸레 물었냐'라는 말을 듣기 싫다. 코로나바이러스 같은 존재가 되고 싶지 않다.

나는 다음과 같이 하나하나 마음에 새겨본다. 정 그렇게 말을 하고 싶으면 그 사람의 상황을 먼저 잘 살펴야겠다. 그것도 아니면 지갑이라도 열면서 입을 열어야겠다. 상대에게 별 의미 없는 말과 질문은 금언禁言해야겠다. 이 말을 금언金言으로 삼아야겠다.

상대에게 어떻게 질문質問하느냐에 따라 마음의 문門을 열기도, 닫기도 한다.

2. 저렴하게 사다가 저렴하게 산다

2022. 07. 14. 6시 35분. 3.25kg, 남자아이. XX산부인과

우렁찬 울음소리와 함께 남자아이가 태어났다. 아빠는 콧노래를 부르며 분만과 입원비, 2주간의 산후조리원 비용을 결제한다. 엄마는 출산 전에 배냇저고리, 기저귀, 분유, 이불, 침대를 구입했다.

1호실. 고인故人 김XX. XX장례식장

오랜 기간 투병하던 아빠가 돌아가셨다. 장례식장 이용

료, 장례용품 비용, 화장 비용, 납골당 비용 등등을 결제했다. 죽는다고 끝이 아니다. 죽어서도 샀다. 관, 수의, 봉안함 등 세세한 게 얼마나 많은지 일일이 열거하기도 힘들다.

인생은 태어나기 전부터, 그리고 죽어서도 뭔가를 사야 한다!

"에이, 내가 직접 사는 게 아닌데요. 과장이 너무 심하시다. 난 동의가 안 되는데요."

아니다. 내가 너무 어려서, 그리고 죽어서 못 사는 것뿐이다. 누군가 대신 사 주는 거다. 그때만 잠시 타인의 손을 빌리는 거다. 이것도 엄연히 사는 거다. 우리의 인생은 사는 것으로 시작해서 사는 것으로 끝난다. 평생 사고 산다.

동원참치100gX20ea를 사야 한다. 스마트폰 앱을 터치한다. 쿠팡과 네이버를 비교한다. 네이버는 35,200원배송비 포함, 쿠팡은 27,800원으로 7,400원 차이다. 혹시 몰라 하나로마트에 왔다. 계산기를 두드린다. 쿠팡보다 2천 원이 더 비싸다. 다음은 식자재 마트. 여기는 하나로마트보다 싸다. 쿠팡보다는 비싸다. 쿠팡으로 낙찰!

'사는 건 나처럼 사야지' 하며 저렴하게 산 나를 칭찬한다. 식용유, 과자, 두부, 우유든 뭐든 그램당 더 저렴한 가격을 비교해서 산다. 뿌듯하다. 하지만 손과 발은 분주하다. 굉장히 피곤하다. 핸드폰 계산기를 두드리다가 괜히 혼자 찔린다. 마트 유니폼을 입은 사람이 가까이 오면 문자를 보내는 척한다. 별일 아닌 척하고 자리를 피한다. 그것도 아니면 휴대폰을 뒷주머니에 넣는다. 어떨 땐 롯데제과 '몽쉘'의 쿠팡, 네이버, 마트 가격을 한참 비교한다. 마트가 제일 저렴하다. 물건을 집어 들고 계산대 근처로 간다. 그러다가 다시 돌아와 선반대에 내려놓는다. 계산대가 아닌 선반대에 그대로 두면 그램당 더 저렴한 게 아니다. 아예 100퍼센트 할인을 받는다.

'경쟁, 많이'라는 비교 우위의 '사각 링'이 있다. 나는 여기서 내려온 지 10년째다. 입장권이 없다. 다른 사람의 경기를 구경하는 구경꾼이다. '평생 구경만 하는 건 아닐까' 하고 불안하다. 경쟁력 있는 선수는 아니어도 구경꾼은 되고 싶지 않다.

우연한 계기로 새로운 링을 발견했다. '절약, 많이'라는 비교 우위의 '사각 링'이다. 특별한 입장권이 없어도 된다.

남아도는 시간과 지치지 않는 끈기, 절약하겠다는 마음만 있으면 된다. 그래서인지 '경쟁, 많이'의 선수들도 이 링으로 원정을 많이 온다. 자일리톨 껌 하나도 10그램당 단위 가격을 비교한다. 더 저렴한 걸 산다. 그게 돈을 버는 거니까.

"우와, 칭찬해요. 절약은 무조건 좋잖아요? 그리고 요즘 다 그렇게 꼼꼼하게 비교해서 사요."

절약 좋다. 문제는 여기서도 경쟁을 하고 있다는 것이다.

'이렇게 절약해서 사니까 나는 잘 살고 있어.'

위안을 삼았다. '어이구, 이 미련한 놈아! 얼마나 아끼려고 필요 이상의 시간과 에너지를 낭비하고 있냐'라는 소리가 귓가에 들린다. 분투하는 내가 좀 없어 보인다. 마음이 시끄럽다. 복잡하다.

"나 이번에 벤츠 E클래스를 샀어. 너무 좋아. 너는 뭐 what 타고 다녀?"

"나 동원참치 7,400원 절약해서 샀어. 너는 얼마나 아껴서 샀어?"

'경쟁, 많이'와 '절약, 많이'의 링, 이 두 개의 링 위에서는 싸움이 일어난다. 누가 더 비싼 걸 사는가? 아니면 누가 더 절약해서 사는가? 비교 전쟁이다. 비싼 물건을 사든, 절약해서 사든 결국엔 나를 남과 비교한다. 어떻게든 남보다 우위에 서면 우월감을 느낀다. 뒤처지면 박탈감을 느낀다. 여기에는 자유가 없다. 끝없는 전쟁이다. 오로지 사는buying 것으로 나를 증명한다. '무엇을what 사느냐'를 고민한다.

누군가는 다르게 산다. 나 자신을 존재 그 자체로 인정한다. 누가 보든 안 보든 상관없다. 불안하지도, 불안해하지도 않는다. 부러워하지도, 부끄러워하지도 않는다. 진짜 사는 living 것이다. '어떻게how 사느냐'를 고민한다.

'왓what'은 '비교'의 영역이다. 얼마나 많은 돈이 있어야 할지 모르겠다. 반면 '하우how'는 '가치'의 영역이다. 돈이 훨씬 덜 든다. 나를 누구와도 비교하지 않는다. 그러니 덜 피곤하다. 돈 많고 유명한 누군가가 부러움의 대상이 아니다. 오직 나라는 사람은 '온리 원only one'이다. '유니크 unique'하다. 유일무이한 나의 인생을 산다.

나는 나에게 말한다.

"남보다 더 비싸게, 더 저렴하게 사는 것buying까지는 좋다. 제발 여기에 목숨은 걸지 마라. 그러다가 진짜 저렴한 인생을 살living지도 모르니까."

3. 나처럼 슬기주머니가 아니라면

나에게 병원은 애증의 대상
이다. 관련된 의사, 간호사, 응급실이라는 단어조차도. 허나
드라마 「슬기로운 의사생활」은 꽤 인상 깊었다. 보는 내내
울고 웃느라 시간 가는 줄 몰랐다. 여기저기서 패러디 열풍
이다. '슬기로운 집콕생활' '슬기로운 1인생활' '슬기로운
취미생활' 등으로.

'슬기'라는 단어, 하도 많이 들어서 좀 식상해졌다. 미안
하지만 여기에 나도 하나 살짝 덧붙여 본다. 슬기주머니,
'남다른 재능을 지닌 사람'이라는 뜻이다. 나는 슬기주머
니가 아니다. 남다른 재능이 없다. 그래서일까? 아픈 와중

에도 마음이 편치 않았다. '이제 나는 뭘 해서 먹고살지? 몸은 언제쯤 괜찮아질까?' 하는 생각이 그림자처럼 졸졸 따라다녔다.

앞서 얘기했다. 나는 럭키 가이다. 발병한 지 5개월 만에 신약 투여 대상자가 되었다. 주사를 맞는다고 약간 좋아진 것으로 착각했다. 나만 멈춰 있고 온 세상은 달려갔다. 제로 (0)보다 못한 마이너스(-)의 삶이라고 여겼다. 이전보다 마음은 더 급해져만 갔다.

이 모든 상황을 뒤집을 만한 한 방이 필요했다. 약학전문대학원 편입에 도전했다. 분투의 장소가 침대가 아닌 책상으로 옮겨갔다. 온종일 엉덩이를 붙이고 있는 것부터 만만치 않았다. 처음은 호기로웠다. 그러나 실패했다. 고민 끝에 재도전. 어김없다. 또 실패다. 누구는 삼수에 도전했다. 하지만 나는 포기도 용기라고 생각했다. 쓰리지만 미련 없이 멈춤을 선택했다. 돌아보면 체력도, 실력도, 타이밍도 철저하게 함량 미달이었다. 내 키보다 더 높이 쌓인 책들은 마치 버려진 시간과 돈처럼 보였다. 더 슬픈 건 편입해야 하는 사람은 나였는데 엉뚱하게 아빠가 환자에 편입하게 된다.

누구나 피하고 싶지만 피할 수 없는 죽음, 삶에게 스톱을 명령하는 죽음이 궁금해졌다. 각당복지재단에서 진행되는 '죽음준비교육' 과정을 수강했다. 주어진 삶을 더 풍요롭고 의미 있게 살아가도록 가르치는 지도자 과정이었다. 이 또한 야심 차게 시작했다. 근데 배워 나가면 갈수록 아빠와 죽음을 떼놓고 바라보기 힘겨웠다.

'이런 내가 누구에게 죽음이라는 거대 담론을 가르치고 지도할 수 있을까?'

도저히 죽음을 객관적인 시각으로 볼 수 없었다. 종교, 철학, 의학, 법률, 문학, 애도와 상실, 호스피스, 장례, 웰다잉 등 죽음을 다양하고 다각적인 시각으로 배울 수 있어 참 의미가 있었다. 딱 거기까지였다. 그 후 아빠를 서울의 요양원으로 모시고 올라왔다.

누구나 로망 하나쯤은 마음속에 간직하고 산다. 어린놈이 무슨 겉멋이 들었는지 피아노 건반을 현란하게 두드리며 노래를 불러 보고 싶었다. 하지만 어릴 때는 가만히 앉아 있지 못하는 놈이었다. 애당초 피아노를 배우기에는 글러 먹은 성향이었다. 이것도 아니면 기타를 좀 배울까 했다. 하루 이틀 배웠다고 손가락에 물집이 잡혔다. 참고 견뎌야 할 시기에 도망쳐 버렸다. 악기는 악의가 없다. 내가 문제였다. 핑계겠지만 성인이 된 지금도 늘 마음으로만 상상한다.

그러다 어느 순간 리코더의 사촌 격인 오카리나가 눈에 들어왔다. 오카리나 영상을 찾아봤다. 리코더처럼 손과 혀의 협응이 중요해 보였다. 나도 청명한 소리를 낼 수 있을 것 같았다. 마침 관악구청에서 문화 강좌로 진행되고 있었다. 강좌를 신청했다. 악기 연주를 위해 손가락을 쓰는 운지법부터 하나하나 배워 갔다. 처음엔 손가락으로 이 구멍 저 구멍을 막는다고, 취구에 바람을 불어 넣는다고 정신이 없었다. 삑사리로 소음 공해를 얼마나 만들어 냈는지 모른다. 그러다가 오카리나 본연의 맑은 소리가 울려 나왔다. 이래서 다들 오카리나를 연주하는 모양이었다. 「학교종」 「아침 이슬」 등을 열심히 연습했다. 아빠를 서울로 모시고 오면서 몸도 시간도 벅찼다. 아쉽지만 오카리나도 중간에 그만둔다.

버리기도, 품기도 어려운 존재가 있다. 바로 잉글리시. 혼자 재미로 알파벳의 소리를 익혔다. 고등학교 졸업 이후 간간이 지면紙面 테스트로 골머리를 앓았다. 진짜 골칫덩어리다. 지금까지 쏟아온 시간과 돈 그리고 에너지를 생각하면 가슴이 답답하다. 여전히 포기가 안 되나 보다. 회화책 한 권을 외워 초보를 탈출했다는 MBC PD 양반, 그의 일화에 힘입어 『영어회화 100일의 기적』문성현, 넥서스으로 다시 도전한다. 이번만큼은 제발 꾸준히 하자며 다짐한다. 머리가 나쁜 건지, 배가 고픈 건지 뒤돌아서면 까먹는다. 그래도 입으로 소리 내며 내뱉으라는 조언은 까먹지 않는다.

그야말로 전 세계가 유튜브 광풍이다. 채널이 있거나, 채널을 보거나. 둘 중 하나다. 카메라 샤이camera shy, 사진을 찍히기 싫어하는인 나도 채널 만들기에 관심을 가졌을 정도니까 말이다. 『유튜브는 처음입니다만』서민재, 카시오페아이라는 책을 구입했다. 더불어 5천 원 상당의 삼각대도 다이소에서 하나 장만했다. 책은 행동을 하게 했지만, 영상은 행동을 접게 했다. 렌즈가 비춘 내 모습을 도저히 두 눈 뜨고 못 볼 지경이었다. 그 즉시 바로 접었다. 혹자는 얼굴을 가리면 되지 않냐고 한다. 아무래도 나, 의지박약인가 보다. 가끔 책상 뒤편에 먼지로 뒤덮인 책과 삼각대를 본다. '그땐 그랬었지' 하며 허탈한 웃음만 짓는다.

어찌된 놈인지 잘하는 게 하나도 없다. 내세울 것도 하나 없다. 내 주머니에는 실패와 중단만 그득하다. 그렇다고 바른 생활, 슬기로운 생활을 하는 것도 아니다. 이도 저도 아니다.

'참, 나 같은 사람은 어쩌지?'

절로 한숨이 나온다. 그리고 자문한다. 한참 생각한 후에 자답한다.

"그것 있잖아? 즐거운 생활! 중단해도, 다 실패해도 괜찮아. 뭐든 즐겁게, 재밌게 해봐! 결국 그게 남는 거야."

모 작가도 그렇게 말하지 않았나? "즐겁게 살지 않는 것은 죄다"라고.

4. 지방을 빼고, 가방도 가볍게

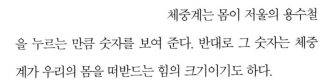

　　　　　　　　　　체중계는 몸이 저울의 용수철
을 누르는 만큼 숫자를 보여 준다. 반대로 그 숫자는 체중
계가 우리의 몸을 떠받드는 힘의 크기이기도 하다.

　우리는 체중계를 어깨에 메고 살아간다. 우리의 삶의 문
제가 어깨를 짓누른다. 짓누르는 그 무게가 머리부터 발끝
까지 전해져 온다. 그래도 어쩌랴? 천근만근인 눈꺼풀을 들
어 올리며 새벽부터 일어나야 한다. 어제처럼 오늘도 정신
없이 각개전투各個戰鬪를 벌여야 한다. 곤히 잠든 내 토끼 같
은 자식, 미운 남편, 여우 같은 부인, 언제나 짠한 부모, 무엇

보다 나 자신을 위해.

삶의 무게가 없는 사람은 없다. 사는 게 짐이다. 다 가져 놓고 더 가지려 법망을 요리조리 피해가며 피똥 싸는 대기업 회장, 부모의 부담을 덜어 주려 아르바이트하는 대학생, 까탈스러운 거래처의 계약을 따내야 먹고사는 영업사원, 졸지 않고 안전 운행해야 하는 지하철 운전사, 합격하고 책들과 결별해야 결혼할 수 있는 공무원 삼수생, 밥도 먹는 둥 마는 둥 잠을 설쳐대며 엄마를 간호하는 딸, 친구들과 싸우지 않고 재밌게 놀아야 하는 서준이, 이준이까지. 어느 누구도 나를 대신해 이 무게를 떠받쳐 줄 수 없다. 이 잔혹한 현실이 때론 우리의 어깨, 아니 송곳 같은 손톱으로 목을 조여 온다.

그런데도 누구는 '인생=여행'이라고 했다. 여행이라면 전날부터 설렌다. '내일은 뭐 먹고, 어디 가지?'라는 생각에 잠을 설친다. 근데 일요일 저녁 「미운 우리 새끼」를 봐도 별 재미가 없다. 슬슬 월요병의 기운이 감싸기 시작한다. 머리부터 발끝까지. 잠시 덮어 두었던 전쟁 이야기가 다시 펼쳐진다. '배고픈 걱정'을 줄이는, 죽이는.

　친한 여동생이 큰 걱정이 있다고 한다. 얼마 전 한의사가 한 말이 머릿속에서 떠나질 않는다고. "아드님은 최대로 큰다고 해도 168센티 정도가 될 겁니다." 이 말을 듣고 나서 더 걱정이라고 한다. 돈 내고 걱정을 받아 온 셈이다. '걱정 +1.' 본인과 남편의 키가 큰 편이 아니라 또 걱정이라고 한다. '걱정+1'. 우울하다고 한다. 걱정이 또 다른 걱정과 우울함까지 끌어당긴 셈이다. 나는 좀 과격하게 말했다.

　"그 의사는 본인도 내일 길 가다가 죽을지, 자다가 죽을지도 모르면서 창창한 꼬마의 인생을 단정 짓고 있노? 농구 선수 시킬 것 아니면 걱정할 필요 없다. 마음의 키나 잘 크도록 도와주라. '배부른 걱정'은 뭐하러 하노?"

　길고도 짧은 인생, 걱정이 많아서 참 걱정이다. 불안과 붙어서 사는 우리, 걱정하지 않을 수 없다. '인생=여행'에 동의한다. 하지만 좀 더 현실적으로 보면 '인생=배고픈 걱정+배부른 걱정'이 아닐까? 나는 '배고픈 걱정'은 좀 해도 괜찮다고 생각한다. 아니 어쩔 수 없이 할 수밖에 없다. 먹는 것, 입는 것, 즐길 것들이 하늘에서 뚝 떨어지는 게 아니다. 배고픈 걱정 없이 살아가는 강심장은 어디에도 없다. 배고픈 걱정은 모두가 하는 기다. 그보다는 '배부른 걱정'을 줄이고 죽여야 한다고 생각한다. 아직 일어나시 않은, 어쩌면 일어나지도 않을 80~90퍼센트의 일을 미리 당겨서 하는 염려다. 좀 심하게 말하면 음식물 쓰레기보다 더 쓰잘데기없는 걱정이다.

이런 '배부른 걱정'을 지방脂肪과 가방이라고 생각한다.

분명 30분 전에 저녁을 먹었다. 유튜브를 켜서 먹방을 본다. 남이 먹는 라면은 언제나 더 맛있어 보인다. 또 당긴다. 일단 참아본다. 어휴, 오늘도 넘치는 식욕과 식탐 앞에 무릎을 꿇는다. 끓는 물에 라면 한 봉지를 자유 낙하시킨다. 파는 쏭쏭, 계란은 탁! 떡국떡도 넣는다. 후루루룩하고 면을 당긴다. 오물오물하고 건더기를 먹는다. 근데 좀 아쉽다. 밥은 말아야 하는데, 결국 말아 버린다. 이제야 좀 먹은 것 같다. 아, 너무 행복하다. 배가 치킨집 사장님 지갑처럼 불룩하다. 뒤룩뒤룩 쪘다. 오늘도 졌다. '이래서 다들 다이어트는 내일부터, 내일부터'라고 하는구나!

지방은 몸을 무겁게 한다. 각종 성인병의 원인이 되기도 한다. 뱃살이 두 손에 잡히고도 삐져나온다. 분명 작년에 딱 맞던 바지였는데, 지퍼가 안 올라간다. 다이어트에 성공했다는 셀럽들의 방법을 엿본다. 그들의 사진을 휴대폰 첫 화면에 띄워 놓는다. 효과 있다는 보조제도 장바구니에 담아 놓는다. 먹방 유튜버 '쯔양'의 구독을 취소한다. 저녁 8시 이후로 아무것도 먹지 않는다. 섬유질이 풍부하다는 바나나와 아몬드를 챙겨 먹는다. 큰맘 먹고 헬스장을 6개월 할부로 끊는다.

'아, 나도 지방은 태우고 탄력을 채우고 싶다.'

돈 없이 떠나는 여행무전여행은 있다. 하지만 가방 없이 떠나는 여행은 없다. 두 손의 자유를 위해 휴대폰과 간단한 화장품을 넣는 소형 크로스백을 메니까 말이다. 목적지국내 또는 해외가 어디냐, 기간단기 또는 장기은 얼마나 오래냐, 동행자혼자, 친구, 배우자, 가족, 아기의 유무 등에 따라 필요한 물품이 달라진다. 더불어 가방의 무게도 달라진다. 필요한 서류여권 등, 계절에 맞는 갖가지의 옷, 세면도구, 상비약, 아기용품기저귀, 분유, 젖병 등 등을 챙겨가야 한다. 라면 포트 같은 건 짐

231

이다. 짐을 줄여야 한다. 그리고 숙소에 두고 다녀야 한다. 불안하다고 가방을 메고 다니면 매인다. 이런 사람 꼭 있다. 해운대 모래사장에 갈 때도, 울퉁불퉁 바위가 많은 해안 절벽에도, 높다란 한라산에 올라갈 때도, 올레길을 걸어갈 때도 어깨에 짊어졌다가 왼손 오른손으로 계속 끌고 다닌다. 이쯤 되면 내가 가방을 끄는 게 아니다. 가방이 나를 끌고 간다.

아무리 좋은 것도 과하면 문제가 생긴다. 불필요한 지방과 가방의 짐을 빼내야 한다. 줄여야 한다. 나에게서 멀어지게 해야 한다. 그래야 몸과 인생이 가벼워진다. 건강해진다. 즐겁고 가벼운 여행은 어느 지방地方을 가느냐가 아니다. 어떤 지방을 가지느냐다. 그리고 짐을 줄인 가방에 달려 있다. 너무 어렵게 느껴져서 걱정인가? 배부른 걱정이다. 배부른 걱정으로 배부르게 하지 말자. 그 시간에 차라리 배고픈 걱정을 하자.

5. 나는 나의 배역을 살아간다, 걸어간다, 사랑한다

인생, 참 난해한 무언가다. 그 난해함과 찰떡인 사람이 있다. 홍상수 감독, 그의 작품은 늘 평이 갈린다. 『슬픔을 공부하는 슬픔』신형철, 한겨레 중 "누가 대중을 존중하는가"라는 꼭지에서 본 내용이다.

영화 「지금은맞고그때는틀리다」에 평론가들은 별 네 개 반 이상의 평점을 부여하며 열광했다. 이에 한 네티즌은 "홍상수가 뭘 찍었다 하면 8점, 9점. 이젠 다 예상한 가능한 점수들. 내가 보기엔 평론가들은 그냥 변태 집단일 뿐"이라는 댓글을 남겼다. 이에 '변태 집단' 중의 한 일원인 신형철 평론가가 변호했다.

어렵고 지루한 소설이나 영화를 보거나 그것을 칭찬하는 평론가를 볼 때 화가 난다면, 그것은 아마도 그들로부터 자신이 무시당하고 있는 느낌을 받기 때문일 것이다. 그런데 나는 오히려 가장 대중 친화적인 소설이나 영화라고 칭송되는, 그러니까 쉽고 재밌기만 한 작품을 보다가 비슷한 느낌을 받을 때가 있다. 그 작품들이 나를 포함한 대중을 '아무 생각 없이 재미만을 탐닉하는 소비자' 정도로 얕잡아 보고 있는 것 같아서다. 나는 거기서 '지갑을 열어. 그리고 아무 생각 말고 그냥 즐겨. 넌 원래 그렇잖아'라는 속삭임을 듣는다.

또 그는 이렇게 말한다.

'오로지 대중들의 즐거움을 위해' 만들었다고 겸손하게 소개되는 작품들이야말로 애초 대중에게 아무런 기대도 없이 만들어진 작품이라면 그것들이야말로 대중을 은밀하게 무시하는 작품일지도 모른다는 것이다. 그렇게 본다면 전달하기 어려운 것을 어떻게든 전달하기 위해 복잡하고 심오한 내용과 형식을 동원하는 작품들은 대중이 자신의 말을 이해할 수 있는 능력이 있다는 믿음을 끝내 버리지 않고 진지하게 말을 건네고 있는 작품이라고 해야 한다. 상업적 실패를 무릅쓰면서도 그런 작품을 만드는 창작자, 그것을 열정적으로 소개하고 옹호하는 평론가들이야말로 실은 대중을 존중하는 이들이 아닌가?

나는 이 평론가의 변에서 위로를 얻는다.

여기는 생방송으로 진행되는 큰 연극 무대다. 우리는 그 무대 위에서 하나 이상의 배역을 맡고 있다. 누구는 목수이자 아빠, 자영업자이자 두 아이의 엄마, 가방 디자이너이자 둘째 딸 그리고 아내, 일반 회사원이면서 대리운전 기사, 누나이면서 한 가정의 가장, 영어 선생님이면서 엄마 그리고 첫째 딸, 코미디언이면서 작가, 시청 공무원이면서 유튜버, 영화배우이면서 영화감독, 셰프이면서 요식업 CEO, 대학생이자 과외 선생님 등. 누구는 자신이 맡은 배역에 만족한다. 아닌 사람도 있다. 이 배역은 시간이 지나면서 확 바뀌기도 하고 아닌 경우도 있다.

2022년, 올해 마지막 무대의 커튼콜도 끝났다. 다들 집으로 돌아간 시간이다. 커튼이 쳐진 아무도 없는 무대 뒤에서 멍하니 앉아 있었다. 창밖의 고요한 달을 쳐다본다. 그때 저 멀리서 발자국 소리가 희미하게 들린다. 누가 여기로 오는 모양이다.

'어, 다들 집에 가고 없을 시간인데, 이 시간에 누구지?'

또각또각 하는 소리가 점점 커진다. 문을 열고 들어온다. 평소에 보기 힘든 무대 감독이다. 내 어깨를 두드린다.

"어휴! 세영, 올해도 수고했어. 40년 넘게 묵묵히 잘하고 있어. 남들은 다 못 해 먹겠다고 바꿔 달라 하거나 거절하고 도망가기도 하는데. 백 점은 아니래도 충분히 잘하고 있어. 이제 어떤 배역을 해도 잘할 것 같은데. 혹시 평소에 하고 싶었거나 나도 잘할 수 있다고 생각한 배역은 없어?"

감독이 나를 인정해 주니 감사하다. 뿌듯하다. 힘들고 아팠던 지난 기억들이 스르르 사라지는 기분이다. 뭔가 모르게 마음이 찡해진다. 어떤 위로보다 큰 위로다. 아침저녁으로 콩나물시루 같은 모양으로 출퇴근을 한다. 쥐꼬리 만한 앞 숫자를 받아든다. '내가 땀 흘려 찍은 숫자가 겨우 이거

야? 이것 떼고 저것 떼면 이번 달도 남는 게 하나도 없겠네'
라며 불평불만을 해댄다. 천지 분간 못하고 울어대고, 시도
때도 없이 먹고 싸는 아기에게 말한다. "공주님, 새벽에는
제발 부탁드려요. 힘들어도 좀 참았다가 아침 해가 짠 하고
떠오르면 이때다 하고 시원하게 한 방에 싸 주세요. 알겠
죠?"라며 말도 안 되는 부탁을 한다.

　그렇게 한참 공상空想에 빠져 있을 때다. 나의 어깨를 다
시 두드린다.

　"뭐해? 하고 싶은 배역 없어?"

　"아, 예. 그냥 이대로 할게요. 누가 바꿔주겠어요. 말씀
만으로도 감사합니다. 나에게 맡겨 주신 이 역할 더 열심히
할게요."

　그렇다. 도대체 누가 나와 배역을 바꿔 주려고 할까? 아
니, 바꾸고 싶어 할까? 상대에게 죽을죄를 짓는 거다. 이보
다 미안한 일이 없다. 메인 주연主演도 아니요. 9시 저녁 뉴
스의 기사 주인공도 아니다. 근데 일어나는 사건·사고는
왜 그리 많은지…. 이런 배역을 누가 반기겠는가? 상대 배
우가 대놓고 표현은 못 해도 속으로는 미치고 팔짝 뛸 거
다. 두 팔로 'X'를 긋지 않는 것만 해도 고마워할 일이다. 그

나마 시작과 동시에 끄는 애국가처럼 끄지 않아 줘서, 재미 없어도 여전히 채널 고정하고 시청해 주는 이들이 있어서 천만다행이다.

그러기에 나는 더 감사하다. 왜냐? 나는 별 볼 일 없는, 별 매력 없는 배역을 가진 채널의 주인이다. 무대 감독은 나에게 남들이 부러워하고 괜찮은 커리어 대신 색도 크기도 다양한 캐리어에 짐을 꽉꽉 채워 주었다. 내가 그 의도를 이해하고 묵묵히 걸어가리라는 기대를 하며. 그건 나를 믿고 인정했다는 거다.

"내가 던져 준 이 배역은 너를 힘들게 하거나 죽이려는 목적이 아니야. 이 배역을 잘 해내는 사람은 어떤 역할도 잘할 수 있어. 그러니 지치지 마. 지치면 천천히 쉬어가도 돼. 실수 좀 하면 어때? 살 수 없다고 내팽개치지만 마. 다만 네 배역에 끝까지 충실하기만 하면 돼. 이 배역은 너만큼 잘하는 사람이 없다고 생각해. 그래서 애초부터 원 캐스팅을 했던 거야. 너는 분명 이 캐리어를 끌고 자갈밭을 한 발짝 한 발짝 걸어가 그 문턱도 넘어갈 거라고 믿었거든. 너도 이제 잘 알지? 캐리어 안의 짐은 무거운 짐이 아니라 내가 너를 믿는 '힘'이라는 걸."

때론 삼킬 수 없는 답답함이 목까지 차오른다. 가쁜 한숨을 휴우 하고 내뱉는다. 오랜 세월 묵은 답답함은 도통 가시질 않는다. 가방이 짐처럼 느껴진다. 그냥 주저앉아 울고만 싶다. 그럴 때마다 나를 향한 존중과 믿음을 놓지 않는다. 나를 일으켜 세운다. 마음을 다잡는다. 제정신이 맞는지 다시 신발 끈을 단단히 맨다.

'나를 무시하거나 얕잡아 보지 않았어. 속는 셈 치고 감사한 마음으로 질질 끌고 가보자.'

이런 나에게 누가 "넌 걸음이 왜 그리도 느리냐? 답답해 죽겠다"라고 질타한다. 나는 "답답하면 보지 마. 인마!"라는 말도 하지 않는다. 그저 내게 주어진 길만을 걸어가면 된다. 어제 그랬듯 오늘을, 오늘 넘어져도 내일도.

그렇게 나는 나의 배역을 걸어간다. 나의 배역을 살아간다. 나의 배역을 사랑한다.

6. 부러워하지도, 부끄러워하지도 않는다

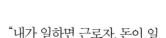

"내가 일하면 근로자, 돈이 일하게 하면 투자자."

어느 주말 점심을 먹고 나서다. 따사로운 햇볕에 나른하다. 하품이 늘어진다. 무심히 TV 채널을 돌린다. 초점 잃은 눈과 귀를 깨우는 소리가 들린다.

"내 돈이 똑똑하게 일하게 하자. 우리는 모두 부자가 될 권리가 있다."

인터넷 전문은행의 광고 카피 문구다. 누가 뽑은 카피인지 참 잘 뽑았다. 내 귀에 캔디가 아니다. 내 귀에 에이디ad; advertisement다.

"조물주 위에 건물주."

요즘 유치원생들도 읊어댄다는 말이다. 광고 카피와 오버랩된 하나의 이미지가 그려진다. 근로자는 1층, 투자자는 2층, 건물주는 3층에 거주하는 건물이다. 참, 이들을 빠뜨리면 안 된다. 1층 아래에 지하, 이들은 근로자에도 속하지 못한다. 하나의 건물이지만 각 층은 철저히 구분되고 나뉜다. 눈에 보이지 않는 지하와 눈에 보이는 3개의 층으로 이루어진 피라미드다. 돈으로, 학벌로, 직업으로. 눈에 보이는 것으로 보이지 않는 계급과 계층이 나뉜다.

위층으로 올라가려면 걸어가거나 엘리베이터를 타면 된다. 하지만 그게 말처럼 쉬운 게 아니다. 보이지 않는 선을 넘어가려면 보이는 무언가가 있어야 한다. 그래서 다들 보이는 무언가를 위해 평생의 시간과 에너지를 쏟아붓는다. 마치 생의 유일한 목적인 것처럼. 여기저기서 욕망을 자극해댄다. 위로 올라가면 뭔가 있다고. '내가 일하면 근로자, 돈이 일하게 하면 투자자'라는 카피가 말한다. 광고는 그 시대를 비추는 거울 아닌가.

나는 지금 1층도 2층도 아닌 지하에 산다. 1층에서 살다 떨어졌다. 에어 매트가 없어서 많이 아팠다. 아프면 쉬어야

241

한다. 그런데 불안했다. 1층으로 다시 못 올라갈까 봐. 손을 뻗고 발버둥 쳤다. 미치지 못했다. 마음과 계좌는 미치는 줄 알았다. 사람이 아프다고 욕망도 아픈 게 아니다. 뒤처지면 불안해진다. 속이 탄다. 위를 올려다 보면 목까지 아프다.

나도 별반 다르지 않다. 속물 덩어리다. 올라가고 싶어 한다. 본능적으로. 지하에서 1층, 1층에서 2층, 2층에서 3층으로 올라가야 한다. 거기서 나를 증명해야 한다. '다들 하는데 나만 못하면 어쩌지' 하고 불안하다. 동시에 막연한 기대감과 동경을 가진다. 뭔가 특별한 게 있을 거라는. 본능이 문제가 아니었다. 위로 올라가려는 이유에 대한 진지한 고민의 흔적이 없었다. 나만 이탈되면 어쩌나 하는 불안에 질식했다는 거다.

지하에서 1층으로 올라가는 것, 남에게는 별일 아니다. 하지만 내겐 '쨍하고 해 뜰 날'이다. 폭우에 안 잠기고 햇빛을 보는 날이다. 그 해가 과연 내 눈을 부시게 할지 모르겠다. 신체적으로, 실력적으로, 여러모로 쉽지 않다. 그래도 1층은 올라가고 싶다. 호의호식은 안 바란다. 그저 호식이두마리치킨을 마음 편히 사 먹고 사 줄 수 있는 정도면 좋겠다.

만약 1층으로 올라간다면 2층과 3층은 쳐다보지도 않

을 거다. 위로 올려보다가 목 디스크 걸린다. 병원은 지금으로도 족하다. 공부 못하는 나 같은 학생에게 2층과 3층은 S.K.Y와 같다. 앞만 쳐다봐도 벅차다. 무엇보다 거기에 모든 시간과 에너지를 투자할 만큼 인생은 무한하지 않다. 너무 짧다.

지난 10년간 나는 운동장에서 뛰는 선수가 아니었다. 벤치를 데우는 선수도 아니었다. 그저 관중석의 관중이었다. 다른 선수들이 뛰는 경기를 구경하는. 어찌나 비바람이 불어대던지 몸도 마음도 추웠다. 배도 많이 고팠다. 그러다 나도 모르게 스르르 잠이 들었다. 아리따운 아나운서와 둘이 나란히 서 있다. 떨린다. 나에게 마이크를 들이민다. 그리고 묻는다.

"10년 만의 복귀전, 감회가 새로울 텐데요. 어떤 다짐 같은 게 있나요?"

떨리지만 할 말은 다 한다.

"일단 저에게도 인터뷰 기회를 주셔서 감사합니다. 아무래도 새롭죠. 다시는 경기장에서 뛸 수 없을 거라고 생각했으니까요. 이렇게 다시 경기장에 서 있는 것만으로도 가슴이 벅차네요. 다짐이요? 어, 선수라면 누구나 손흥민, 서장 훈 같은 선수를 부러워하잖아요? 그들이 가진 부, 재능, 실력 등 모든 게 대단하잖아요. 3층에 거주하는 스타니까요. 그런데 지금은 아니에요. 스타가 아니라는 말이 아니라 부럽지 않다는 거예요. 이제는 남을 흉내 내지 않고, 남이 흉내 내지 못하는 나만의 창조적인 플레이를 펼쳐 볼까 해요. 그 누구의 플레이를 부러워하지도, 나의 플레이를 부끄러워하지도 않는 그런 선수 말이에요."

돈이든 뭐든 내가 부러워할 때 효력을 발휘한다. 부러워하지 않으면 그 순간 그건 아무것도 아니다. 종이 쪼가리다. 반대로 내가 가진 소유로 남과 비교하고 부끄러워한다. 그러면 그 즉시 나는 아무것도 아니다. 스스로 부정하는 거다.

어제는 '위를 쳐다보며 위로 올라가려 발버둥 치는 삶'이었다. 오늘은 '타인을 부러워하지 않는, 나를 부끄러워하지 않는 삶'을 분투한다. 내가 처한 이 현실을 인정한다. 내 것으로 받아들인다. 그리고 주어진 오늘을 묵묵히 살아간다. 남들이 부러워하는 인생에 한참 모자라도 괜찮다. 나에게 부끄러운 인생이 되지 않는다면 그걸로 충분하다. 이거야말로 진짜 내가 살아 보고 싶은 인생이다.

봄의 상실에서 봄의 상징인 나비가 되어 날갯짓하다

"지금 신도림역 방향으로 가는 내선 순환 열차가 들어오고 있습니다. 승객 여러분께서는 내리는 사람이 모두 하차한 다음에 안전하게 승차하시기 바랍니다."

서울 2호선 열차에 올라탔다. 출퇴근 시간이 아니라서 그런지 객차가 좀 한산하다. 그래도 빈자리는 없다. 나는 옆 사람들이 뭘 하는지 관찰한다. 다들 웹툰, 숏폼, 유튜브, 드라마, 연예 뉴스를 보느라 고개들을 푹 숙이고 있다. 나는 시선을 옮겨 창밖으로 비친 한강을 멍하게 바라본다. '저기로 열차가 떨어지면 겨울이라 더 춥겠네. 나라는 인생 열차도 이 전철처럼 달려가고 있겠구나' 하는 생각이 스친다. 평소에 무심코 봤던 빨간색 '출입문 비상 개폐 장치'도 눈에 들어온다. '이 개폐 장치레버는 화재 등 비상 상황에만 사용해야 한다'라고 적혀 있다.

그러고 보니 내 인생은 어제도 오늘도 비상 상황이다. 그리고 갇혀 있다. 2023년이라는 시간에. 공간으로 좁게는 내 몸에, 내 생각에, 내 방에. 넓게는 합천에, 서울에, 대한민국에. 이건 너나 나나 마찬가지다. 한여름에 아홉 명이 마스크를 쓰고 있으면 이상한 게 아니다. 안 쓰고 있는 한 명이 이상한 거다. 마찬가지로 아무리 힘들어도 다같이, 똑같이 힘들면 별 문제가 아니다. 덜 힘들다. 위로가 되는 법이다. 문제는 '나 홀로 어디에 갇혀 있냐'다. 그게 사람을 미치게 만드는 거다.

질병, 가난, 외로움

이 세 가지는 마치 도미노 같았다. 질병 하나가 무너지면서 연속으로 무너뜨렸다. 그리고 자석처럼 서로를 끌어당겼다. 질병이 가난을, 가난이 외로움을. 그리고는 어딘가로 밀어 넣고 사정없이 문을 닫아 버렸다. 들어오는 문은 있었는데 나가는 문은 보이지 않는다. 열어 달라고 소리쳐도 밖에서는 들리지 않는다. 외부에서도 열쇠 구멍이 없다. 열어 줄 만한 사람도 없다. 2호선 열차는 레버를 오른쪽으로 돌리면 나갈 수 있다. 나의 인생 열차에는 레버가 있을까? 그 레버로 탈출할 수 있을까?

1번 객차, '질병'이 문을 열고 닫다

요놈이 시작이다. 나의 과거, 현재, 미래를 일순간에 녹다운시켜 버렸다. 완전히 무장해제를 시켜 버렸다. 끝이 난줄 알았다. 그런데 질환 특성상 국가가 정해 놓은 기준에 따라 증상들이 나타나 신약 투여 대상자가 되었다. 국가가 밖에서 살짝 창문을 열어 준 셈이다. 문을 완전히 열어젖히지는 못해도 숨통이 트인 셈이다. 두 달에 한 번씩 외부에서 신약을 투여해 준다. 이 약발로 두 달을 버티고 살아간다. 문제는 2번과 3번 객차다.

2번 객차, 난 이제 '가난'하고 싶지 않다

1번 객차는 2번 객차에 큰 영향을 주었다. 노동 자체가 불가능한 사람이 돼 버린다. 그러다 보니 취약 계층이 된다. 일명 기초생활수급권자. 삼시 세끼의 배고픔은 면한다. 하지만 딱 거기까지다. 여기서 탈출하는 건 여기에 편입되는

247

것보다 훨씬 어려운 일이다. 나보다 젊고, 건강하고, 똑똑한 대학생들도 쉽지 않다. 육체노동이 덜하고 소득은 더하는 약사에 도전했다. 보기 좋게 실패. 몸은 더 안 좋아졌다. 그후 몸을 추스른다.

최근 얼떨결에 책을 쓰게 되었다. 뛰어난 글재주가 있는 건 아니다. 이 짧은 글도, 조악한 글도 머리를 쥐어뜯어 가면서 쓴다. 쓰는 과정은 무척 괴롭다. 괴로우면서도 소소한 재미를 느낀다. 책상에 앉아 글을 쓰는 건 가능해졌다. 하지만 전업 작가로, 글로 벌어먹고 사는 건 하늘의 별 따기다. 어쩌면 영화 「쇼생크 탈출」의 앤디팀 로빈스 扮가 숟가락 하나로 조금씩 조금씩 벽을 파내어 탈출했던 것보다 훨씬 더 어려운 일이다. 그래도 너른 바다에 조약돌 하나를 던져 본다. 그래야 제2의, 제3의 조약돌도 던져 볼 수 있으니까. 싹을 자르고 파헤쳐도 다시 올라오는 잡초의 끈질긴 생명력으로 버텨 볼까 한다.

3번 객차, '외로움'은 괴로움

1, 2번이 무너지니 3번 객차도 자연스럽게 닫히고 갇혀 버렸다. 반대로 1, 2번에 갇히지 않았다면 3번도 그럴 일이

없었다는 말이다. 그래서 제일 갑갑하고 답답했다. 아픈 건 힘들다. 그래도 혼자 어찌어찌 견디면 된다. 돈이 없으면 불편하다. 최대한 안 쓰고 아끼면 된다. 근데 혼자는 둘이 될 수 없다. 그 나이에 가능한 사랑이 있다. 30대를 통으로 그냥 흘려보냈다. 생각하면 마음이 착잡하다. 봄의 상실이 못내 아쉽다.

봄의 상실에서 봄의 상징인 나비가 되어 날갯짓하다

하루아침에 나비가 될 수 없다. 애벌레가 번데기 안에 갇혀야 한다. 그리고 번데기 안에 갇혀 자신을 완전히 녹이는, 죽는 시간을 통과해야 한다. 그래야 비로소 나비가 된다.

나는 감히 나를 번데기 안에 갇혔던 애벌레라고 말하고 싶다. 지난 10년간 질병, 가난, 외로움이라는 번데기 안에 갇혀 지냈다. 나는 지금 번데기를 찢고 작은 나비로 비상飛上하고자 한다. 하늘하늘 날아가 꽃독자의 마음 문을 두드린다. 아직은 날개가 작아 높게 날지 못한다. 낯선 손님이다. 오늘을 시작으로 낯이 익은, 보고 싶은 나비가 되고자 한다. 꽃들이 날아오라고 손짓하며 반가이 맞아 주는 나비가 되고자 한다.

그리고 나의 이 아주 작은 날갯짓이 봄을 가져다 주는, 봄의 이야기가 되었으면 좋겠다. 봄의 상실을 한 이들에게 봄의 상징인 나비가 되고 싶다. 나는 작은 나비다. 하늘하늘 훨훨 날아가고픈. 꽃에게 날아가고픈.

감사의 글

연봉은 없다. 하지만 인복은 있다

누구나 그렇듯 어느 한순간도 저 혼자 살아올 수 없었습니다. 인생의 길목마다 함께 걸어온 감사한 분들이 참 많았습니다. 당신들의 가르침과 도와주신 손과 발이 있었기에 제가 지금의 이 자리에서 숨을 쉬고 있다고 생각합니다. 이 자리를 빌려 깊은 감사의 말씀을 드립니다.

- 27년간 희노애락을 항상 함께한 현식이 형. 서울이 아닌 부산으로 전학을 간 것은 결국 형을 만나기 위함이었나 보네요. 존재만으로 힘이 되고 든든합니다. 집에 갈 때마다 이것저것 챙겨 주시는 지성 형수님 감사합니다. 그리고 저를 가족 여행까지 데리고 다니면서 막내아들처럼 챙겨 주시는 최성자 어머니, 故 신영출 아버지, 막냇동생처럼 대해 주시는 신현숙, 신현화, 신현정 누나와 세 분의 매형들께 감사드립니다.
- 오랜 기간 연락이 끊겨 지내다 갑작스레 이어진 연락에도 반가워해 준 동기 형. 전혀 생각지 못했는데 말없이 조용히 도와주시는 마음에, 그 손길에 감사드립니다.
- 20년 만에 전해진 아프다는 소식에 한달음에 달려와 소고기를 사 주시고 용돈도 주고 가신 신용재 목사님과 김애영 사모님 감사합니다.
- 오랜 시간 늘 따듯함과 인자함으로 함께 곁을 지켜 주신 최홍기 목사님 그리고 김미자 사모님 감사합니다.
- 어리버리한 나와 함께 군 생활을 동고동락한 화수야. 니가 없었다면 그 2년의 시간을 어떻게 지나왔을지 생각만 해도 아찔하다. 덕분에 하루하루 참고 버티면서 그 감옥 문을 나올 수 있었다.
- 스물네 살부터 20년간 한결같이 친누나처럼 물심양면으로 신경 써 준 미례 누나. 참 미안하고 감사합니다. 누나가 있어 힘든 순간순간 잘 건너왔네요. 교대 근무로 피곤하실 텐데도 반가이 맞아주면서 먹거리와 볼거리로 대접해 주신 영철 매형도 참 감사합니다.
- 바쁜 사업 가운데서도 별것 없는 제 안부를 궁금해하고 물어 주는 김경미 집사님. 한껏 보내 주신 고기에 배부른 만큼 마음도 늘 배부릅니다. 감사합니다.
- 매번 밝고 반가운 목소리로 환영해 주는 하사마. 부산에 하선주와 '대박 터진 돈

251

가스'가 있어서 참 좋다. 다음에 또 가자.

- 아빠 간호로 지칠 때마다 맛난 밥과 바다의 밤공기로 정신을 차릴 수 있었다. 무엇보다 범철이 니가 그 시간에 함께해 줘서 서울과 부산을 오가면서도 지치지 않고 버텨낼 수 있었다. 그 시간에 나 때문에 독박 육아를 하게 된 소영이 누나, 미안하고 고마워요.

- 너 결혼하기도 바쁘고 정신없었을 텐데, 너에게 별 도움이 되지도 않는 나를 기억하고 챙겨 준 현진아. 생각지도 못한 그 손길에 놀라고 고마웠어.

- 부산에 내려갈 때마다 한국에서 가장 맛있는 '바베트 탕수육'을 대접해 준 연주와 고등학교 선배님 태곤이 형, 멀리 있어서 참 아쉬울 따름이네요. 전국에 체인점을 내 주세요!

- 한국에서, 그리고 멀리 외국에서도 늘 웃으면서 응원해 주던 나윤이 누나. 나를 있는 그대로 인정해 주고 칭찬해 주던 누나가 고맙고 한 번 보고 싶네요.

- 전혀 모르던 사람에서 국토 순례 인연으로, 그리고 이제는 한 동네 주민이 된 서민희. 매번 쓸데없고 잡다한 물음에도 한결같이 답변해 주고 지지해 줘서 늘 힘이 된다. 고마워.

- 가감 없는, 그리고 애정 어린 너의 응원이 이 책을 써나가는 데 큰 실마리를 얻을 수 있었어. 해수야. 너의 그 말과 조언에 온 힘을 다해 '박수를 친다!'

- 배고프고 보고픈 청년들을 집으로 불러모아서 배불리고 함께하는 교제의 장을 열어 주신 임진혁 · 김성혜 집사님. 두 분의 손길과 그 따뜻한 마음에 늦게나마 감사드립니다.

- 나는 물론, 어느 누구도 긁어 주지 못한 곳을 긁어 준 미숙아. 긁다가 말아서 좀 가렵지만, 그래도 너밖에 없다. 정말 고마워. 더불어 이런저런 조언을 해 준 용관이 형. 감사드립니다.

- 나잇값도 못하고 매번 놀려대서 미안하다. 진희야. 그럼에도 넉넉한 마음으로 받아 주고 이해해 준 너의 그 마음에 고맙다.

- 형의 응원에도 내 실력 부족으로 약대 입학은 성공하지 못했네요. 나를 위하는 형의 마음을 더 알게 됐네요. 배움에 대한 열정을 말이 아닌 행동으로 보여 주는 욱이 형. 고마워요.

- '고난은 행복한 시간이 온다는 신호탄'이라고 말하면서 수개월 밀린 핸드폰 요금을 덥석 쥐어 준 승호 형. 감사합니다. 오랜 시간 연락 못 드렸는데 연락 드리고 찾아볼게요.

- 너는 기억할지 모르겠지만 외모로 판단하지 않는, 속 깊은 마음으로 배려하는 너의 모습에 놀라고 인상이 깊었어. 여전히 기억하고 잊지 못할 거야. 원석아, 고마워.

- 공동체를 위해 함께 영차영차하던, 동생이 실종되었을 때 헐레벌떡 달려오던, 진단받아 걱정해 주던 그 얼굴이 하나둘 스쳐 가네요. 함신주 목사님, 한 번 보고프네요.
- 내가 하는 이야기는 웬만하면 다 지지해 줬던 하경이 누나. 누나의 지지가 참 고마웠고 힘이 났어요.
- 말도 안 되는 이야기에도 인상 한 번 안 쓰고 웃어 주며 반응해 줬던 선화 누나. 한 번씩 들려오는 누나의 안부에 웃음 짓곤 하네요.
- 나의 말 한마디에 공동체에 남아 준 가람이 누나. 뛰어난 적응력으로 결혼식까지 입장했죠. 마지막으로 생색낼게요. 그 결혼식에 제 지분이 있다는 걸 까먹지 마요.^^
- 나조차도 챙기지 않는 나의 생일을 매번 기억하고 챙겨 주는 지혜야. 니가 보내 준 그건 선물이 아니었어. 늘 감동이었어.
- 모두가 나를 인정하지 않고 틀렸다고 했어. 근데 "뒤돌아보니 그때 오빠가 했던 말이 맞았어요."라고 인정해 준 용희의 한마디가 참 힘이 되고 위로가 되었어. 너는 역시 예리해.
- 쌍문동 커피숍에서 함께 힘내자며 선물과 힘을 불어넣어 준 동진이 누나와 진이 누나, 감사합니다. 쌍문동에서 오랜만에 다시 한 번 뭉쳐요.
- 때론 티격태격 싸웠지만, 그 또한 추억이 되었네. 그럼에도 나를 존중해 준 정훈이네 마음에 고맙고 미안하다.
- 한마음과 한뜻으로 힘을 실어 줘야 했는데 그러지 못했던 기억이 더 많은 것 같아 미안하네. 그럼에도 끝까지 한 팀으로 인정해 준 지원아, 고마워.
- 내가 해야 할 몫까지 보경이 너에게 떠넘겼던 것 아닌지 모르겠다. 늦었지만 그땐 미안하고 고마웠어.
- 무(無) 경력에 나이 많은 저를 뽑아 주신 면접위원(장순욱, 이수정, 송주혜, 이상춘, 이윤일, 송보근) 한 분 한 분에게 감사한 마음 잊지 않고 있습니다. 더불어 떠나는 저에게 그 따뜻한 마음을 안겨 주었던 동료 선생님들 모두에게 감사드립니다. 짧은 시간이었지만 서울시립남부장애인복지관의 일원이었다는 사실은 저에게 큰 자부심입니다.
- 제가 퇴사한 이후 주말에 집 근처까지 찾아와서 맛있는 점심을 대접해 준, 용기와 힘을 불어넣어 준 엄종원 선생님. 선생님의 그때 그 마음이 아직도 잊히지 않습니다. 감사합니다.
- 동생이 실종되었다는 소식에 한달음에 달려와 준 주현이, 서울대입구역 근처를 오고 가는 친구들에게 전단지를 전달해 준 미혜, 동생을 찾았다는 연락을 받고 동대문 파출소까지 함께한 호진이 형, 병찬이 형 모두 감사합니다. 동생을 볼 때면

문득문득 당신들의 얼굴이 떠오릅니다.

- 한창 일할 나이에 심각하게 아프다는 소식을 듣고 걱정하고 격려해 주시던 이동호·정진숙 집사님. 10년 전 여의도 식당에서의 그 순간을 기억합니다. 감사드립니다.

- 시종일관 어린아이와 같은 해맑은 웃음으로 맞아 주시던 이한신 목사님. 그 모습이 어제 본 것마냥 선연히 떠오르네요. 잘 지내시죠?

- 예전에 네가 선물해 준 검은색 블루종을 지금도 요긴하게 잘 입고 다니고 있어. 율미야. 입을 때마다 몸도 따뜻하고 마음도 따뜻해진다.

- 심심한 나에게 흔쾌히 대화 상대가 되어 준 창용아. 고맙고 저번에 화내고 헤어져서 미안하다.

- 컴맹인 걸 알면서도 나를 기억해 준 미정아. 네 덕분에 이제 컴맹 수준은 탈출하게 됐네. 고마워.

- 아무것도 모르는 나에게 하나하나 설명해 주며 도와준 환민아. 덕분에 새로운 것을 배워 나가는 경험을 하게 됐어. 그리고 너의 마음 쏨쏨이에 고마워.

- 경황이 없는 상황에서도 우리 집 근처까지 찾아온 영화야. 그 후에 연락한다고 해놓고 거짓말을 해 버렸네. 미안해. 잘 지내는지 궁금하네.

- 아빠 장례식 때 괜한 고집을 부린 저를 잘 설득해 주신 서창일 목사님. 당신의 말에 설득되지 않고 고집부렸다면 후회할 뻔했네요. 오랜 시간을 묵묵히 함께해 주셔서 감사합니다.

- 첫 만남, 첫인상부터 냉소적인, 남들과 달리 뻐딱하고 비판적인데도 저를 있는 그대로 인정하고 지켜봐 주신 정재영 목사님. 당신의 그 인내해 주심에 감사합니다.

- 아빠 장례식 집례를 위해 한달음에 달려와 주셨고, 서울대입구역 할리스커피에서 나눴던 담소의 시간들이 생각나네요. 덕분에 장례식도 무사히 마칠 수 있었습니다. 김요한 목사님 감사드립니다.

- 매주 '내 영혼의 단비'로 깨지고 깨닫게 하시는 한성민 목사님. 당신의 그 산고의 원고에 감사드립니다. 더불어 추운 겨울에도 온기를 전하는 햇살 같은 안지영 사모님의 미소와 차 한 잔에 몸과 마음이 참 따뜻해집니다.

- 대소사가 있을 때마다 늘 그 자리에 함께해 주신 송영희 집사님. 그때마다 참 많은 힘이 되고 감사했습니다.

- 볼 때마다 웃어 주시던 임영순 집사님. 그때 그 횡단보도를 지나치지 않을까 하고 한 번씩 두리번거리곤 합니다. 또다시 마주치는 일이 있겠죠?

- 거지 같은 요양병원을 탈출하던 날 새봄이와 지웅이가 도와줘서 무사히 잘 도착할 수 있었어. 그리고 지웅이를 생각하듯 제 건강을 걱정해 주시는 박경미 어머니

와 방성술 아버지 감사합니다.

- 급작스런 복통으로 응급실에 실려가고 맹장수술 후 패혈증을 겪는 등 10년간 여러 번의 죽을 듯한 고통과 고비의 순간에 잘 치료해 주신 이종욱 교수님. 덕분에 지금 새로운 삶, 감사한 나날들을 보내고 이 책 또한 쓸 수 있었습니다. 감사드립니다.
- 이런저런 질문에 세세히 그리고 친절히 알려 주시는 임주형 환우회장님. 덕분에 지난 10년의 시간을 잘 버티고 살아왔습니다. 감사드립니다. 건강하세요.
- 10년 동안 환우 메이트로 함께 달려온 설화야. 그 길에 함께해서 덜 힘들고, 덜 외롭게 올 수 있었어. 다음에 애플하우스로 가서 무침 만두와 떡볶이 함께하자.
- 어리버리한 환자의 뇌수막염 주사 일정 등 하나하나 세세히 챙겨 주시던, 친절한 김재원 전문간호사 선생님. 덕분에 아무런 탈 없이 잘 지냅니다. 감사합니다.
- 병원 의료진은 '기계처럼 차갑다, 밥맛이다'라는 편견을 깨 주신 황진희 간호사 선생님. 지난 10년간 환자 입장에서 배려해 주시는, 한결같은 그 마음에 참 감사 드립니다.
- 부족한 동생을 사랑으로 잘 돌봐 주신 이재영 대표님 그리고 최영희 사모님 감사 드립니다. 더불어 지지고 볶고 함께 살아가는 오두막 식구들-박승준, 진상도, 은 영기, 이길호, 유정우, 이영진, 정지나, 정광수, 황선일, 박외정, 유갑조, 김향연, 박 정선, 홍영진, 최선이, 이상수, 이영신, 장선례, 오경태, 최숙희, 최수연, 장혜선, 하 정민, 정영란- 한 분 한 분에게 머리 숙여 감사드립니다.
- 평소 말도 잘 안 듣는 동생을 데리고 합천으로, 삼가로 바람을 쐬어 주며 이런저 런 간식을 챙겨 주시는 문정임 선생님 참 감사합니다. 선생님의 건강이 허락할 때 까지 잘 부탁드리겠습니다.
- 때론 엄마와 싸우고 다투지만 그래도 무심한 듯 세심하게 챙겨 주시는 영희 이모 님, 그리고 블라인드와 장판까지 챙겨 주신 필재 이모부님 감사드립니다.
- 저희 엄마에게 때론 엄마처럼, 때론 큰언니처럼 함께 잘 지내 주시는 순천 큰이모 님 감사합니다. 빨리 쾌차하세요!
- 사소한 다툼 하나 없이 40년 넘는 시간 동안 엄마와 잘 지내 오신 울산 숙모님 감 사합니다. 아프지 말고 건강하세요. 그리고 오랜 시간 막냇동생의 하소연을 들어 주시느라 애쓰신 큰 외삼촌 감사합니다.
- 지난번 부산에 내려갔을 때 피곤하신데도 아침부터 일어나셔서 정성스레 아침밥 을 챙겨 주신 호성이 삼촌 감사합니다.
- 합천으로 이사할 때 바쁜 와중에도 우리 집 타일 공사에 신경 써 주시고 조언해 주신 미란이 누나. 역시 전문가는 달라요.
- 바쁜 직장 생활 가운데서도 엄마에게 이것저것 챙겨 주시고 마음 써 주신 성화 누

255

나. 그 마음에 감사합니다.

- 아프다는 말에 진맥을 봐 주고 정성스레 한약을 지어 준 석환이 형. 덕분에 잘 챙겨 먹고 오늘까지 잘 지내고 있어요. 감사합니다.

- 마지막으로 부산 벡스코에서 보고 못 본 것 같네요. 두형이 형, 버튼만 누르면 되는데 하는 것도 없으면서 연락도 못 했네요. 엄마를 통해 가끔 소식을 듣는데 어떻게 지내는지 궁금합니다. 은주도 잘 지내죠? 다들 나중에 한 번 보면 좋겠어요.

- 합천으로 이사 오기 전 냄비, 후라이팬 등 두 손 가득 챙겨 주신 성남 이모님. 덕분에 지금 밥 살 먹고 지냅니다. 감사합니다.

- 합천으로 이사 오기 전날까지 물심양면으로 마음 써 주시고 손수 편지까지 써 주신 정동숙 · 김혁수 집사님. 밝은 웃음소리만큼 따듯한 마음에 감사합니다.

- 먹는 것, 입는 것, 신는 것 하나라도 더 챙겨 주시려고 엄마를 찾고 불러 주시는 김은순 집사님. 아낌없이 베풀어 주신 그 마음에 참으로 감사합니다.

- 못난 동생을 처음부터 마지막까지 기다려 주고 인내해 주신 큰아버지 그리고 큰어머니. 두 분 덕분에 우리 네 식구가 지금까지 잘 지내왔습니다. 감사합니다.

- 아빠 생전에 마지막으로 얼굴 보러 병원까지 와 주신 셋째 고모, 넷째 고모. 다시 한번 감사드립니다. 몸도 불편하신데 아빠 장례식에 참석해 주신 큰고모, 큰고모부 감사드립니다.

- 오래전 여러 장의 손편지와 녹음한 카세트테이프를 보내 주어 마음에 큰 위로를 주신 혜은이 누나 감사합니다. 더불어 첫 만남에도 어색해하지 않고 편하게 대해 주신 현보 매형의 매력을 닮고 싶네요.

- 매번 반대 방향인데도 불구하고 집까지 데려다 주고 용돈과 마음을 써 주신 홍원이 매형과 수은이 누나 감사합니다

- 이전에 두란노서점에 책을 납품하도록 도와주신 혜미 형수님 그리고 세운이 형 감사합니다.

- 평생 Impossible 할 줄 알았던 책 쓰기가 I'm possible이 되는 마법을 경험했습니다. 이게 바로 25년 출판 경력의 조현철 대표님의 능력 때문이겠죠. 정말 감사합니다.

- 30년이 넘는 시간 동안 엄마와 친구로 함께 격려하며 좋은 관계를 유지하는 정숙자 사모님 그리고 제종철 목사님 감사드립니다.

- 골치 아픈 아들을 하나도 아닌 둘을 키운다고 속 꽤나 썩은 정숙희 씨. 그런 당신은 정말 위대합니다. 그런 당신이 내 엄마라 정말 다행입니다. 그러니 이제 남은 인생은 어디서도 누구에게도 기죽지 말고 어깨 쫙 펴며 살아가길 바라요.